大正新婚浪漫

～軍人さまは初心な妻を執着純愛で染め上げたい～

m a r m a l a d e b u n k o

marmalade bunko
マーマレード文庫

目次

大正新婚浪漫
～軍人さまは初心な妻を執着純愛で染め上げたい～

序……6
一　楓の嫁入り……10
二　新しいことをひとつ、ふたつ……36
三　デパァトへ行こう……56
四　手習い……84
五　大事なひと……105
六　離縁せよ……130

七　実り……166
八　恋情……194
九　姉妹……216
十　雷雲……249
十一　契り……274
終……302
番外編……307
あとがき……317
参考文献……319

大正新婚浪漫

～軍人さまは初心な妻を執着純愛で染め上げたい～

序

縞田楓《しまだかえで》にとって、子どもの頃から、祝いの席は縁遠いものだった。

半分血の繋《つな》がった兄ふたりの祝言はこの家で行われたが、楓は裏長屋の水場の掃除を命じられ、日がな一日桶《おけ》を担いで井戸端を行ったり来たりしているうちに終わってしまった。

半分血の繋がった姉三人の嫁入りはそれぞれ紅白の饅頭《まんじゅう》をもらい、それがたいそう甘くて嬉《うれ》しかったことは覚えている。とはいえ、道具持ち出しの日と嫁入りの朝は表に出てくることを禁じられていたため、姉たちの花嫁姿も見る機会はなかった。

正月や節句を含め、十八年間、ただの一度も縞田家の行事に参加したことはない。

楓は今、人生で最初の祝いの席に主役として座している。

髪は高島田、角隠しをかぶせられ、黒引きの着物には縞田家の八つ丁子の家紋。楓はどこからどう見ても花嫁の格好をして、今日この岩津《いわつ》家の大広間にいた。

ずらりと並んだ招待客は、岩津家と縞田家の親戚筋や関係者である。舅《しゅうと》になる岩津子爵は六十代も半ばだが大柄で壮健な男性だ。その横には義兄の姿。線が細く、表情はどこか神経質そうに見えた。さらには親戚と夫の上司同僚である帝国陸軍の将校たちが居並ぶ。

楓の実家の縞田家からは父と義母、長兄がひとり。さらには楓の知らない叔父だの叔母だのが十名ほどいた。

三々九度の御酒を口元に運び、めでたい、と明るい声があがるのを聞くと、楓はどっと疲れてしまった。花嫁衣装を着せられ、人力車でこの家にやってきて、祝言が始まって……。かなりの長丁場である。

思わずふうと息をついたところ、横からくすっと笑う声が聞こえた。視線だけ動かせば、夫である岩津雪禎《ゆきさだ》が目を細めて唇をほころばせていた。

「楓、少し疲れたかい?」

その声は甘く優しい。周囲を慮《おもんぱか》ってか声をひそめて、楓にだけ聞こえるように尋ねてくる。

「あと小半時で終わればいいものだけれど、一刻ほどは辛抱してもらわなければならないね」

「いえ……、いえ」

退屈そうに見えてしまっただろうか。楓は慌てて言葉を探すが、うまく出てこなかった。

何しろ雪禎を目の前にすると、唇がぶるぶる震えてしまって、言葉がいっこうに出てこないのだ。それは、今朝方初めて雪禎と対面したときからである。

雪禎は大日本帝国陸軍の大尉である。百五十人の兵の属する中隊を指揮する身分だ。しかし、これほど美しい軍人を楓は見たことがなかった。いっそ、世の中のどの男性よりも端麗で優雅に思われた。歌舞伎の千両役者だって、活動写真の映画俳優だって、雪禎ほど秀でた容貌《ようぼう》ではないだろうと想像する。つまり、楓はすっかり緊張して言葉が出てこない状態であった。

「酒が苦手だったかな」

「あ……、飲むのは今日が初めてで……ございます」

楓のつっかかりながらの返答に、雪禎は様子を窺《うかが》うように首をひねり、それから給仕にお茶を頼んでくれた。茶を受け取り、楓はもじもじと雪禎を盗み見る。

顔立ちは美麗なのに、上背があり骨のしっかりした身体は男らしい。短い髪は黒々とし、こめかみにひと筋こぼれた毛束が色気のようなものを感じさせる。

華族の家柄でありながら、先を嘱望される将校である夫君。

それほど立派な男子の妻が務まるのか、結婚が決まってからずっと不安に思ってきた。さらに今日対面し、容姿も出自も到底相応《ふさわ》しいとは思えなくなってしまった。

「楓、そんなに見つめては穴が開くよ」

いつのまにかじっと見つめてしまっていたようだ。楓の視線に気づいた雪禎が楽しそうに微笑んだ。

楓は慌てて正面を向いて、姿勢を正す。心臓がトクトクとうるさく鳴り響いていた。

宴はたけなわ。新婚夫婦に一切関係なく、酒が酌み交わされ明るい声が溢《あふ》れる。岩津家と縞田家の縁を結ぶめでたい席に、ふたりはほんの添え物に過ぎないのかもしれない。結婚とはそういうものだと楓とて理解している。

それでも楓は、隣の美しい夫君に胸をときめかせ、我が身の幸運と先の不安をないまぜに押し黙っていた。

人生で初めての祝いの膳《ぜん》は、ろくに喉を通らずじまいだった。

一　楓の嫁入り

鳥の声が聞こえる。ちゅぴちゅぴと可愛い声は、シジュウカラだ。庭の物干し竿《ざお》あたりから聞こえてくる。

楓は目を開けた。視界にはまだ見慣れぬ天井。顔を捻じれば、障子がうっすらと明るく、間もなく日の出の時刻であることを教えてくれた。

身体を起こして、布団の上で伸びをする。よく眠れたので今日も快調である。床からはい出て障子を開けて見れば、硝子戸《ガラスど》から中廊下にひと筋の朝陽が落ちていた。

「いいお天気になりそう」

楓は張りきって布団を畳み、木綿の袷を着ると髪を後ろでひとつに結わえた。昔からいつもこの髪型だ。先日の文金高島田は随分肩が凝ったので、もう髷《まげ》を結わえる機会はなくていいとひそかに思う。それとも既婚の女性として丸髷でも結うべきだろうか。そのほうが軍人の妻らしいだろうか。

台所にやってくると、勝手口から庭に出てポンプ井戸をぐいぐいと押し込む。出てきた水を使って井戸端で顔を洗った。春の初めの水はまだまだ冷たいけれど、楓は気にならない。麻の手ぬぐいで顔を拭き、深呼吸をした。新鮮な空気が身体をいっぱいに満たし、清々しく心地よかった。

勝手口から台所へ戻ると、三斗入りの水甕《みずがめ》を手に井戸端に戻った。水を汲《く》んで台所に戻ったところで、この家の女中であるスエと会った。スエは六十に届きそうな年齢の通いの女中で、夫の乳母だった人である。

「あれ、奥様。こんなところでいけません」

楓が朝餉《あさげ》の仕度を始めようとしているのを見て、大仰に声をあげる。

「スエのお仕事ですよ。居間の火鉢に炭を入れますから、奥様はそこで当たってらっしゃい」

「いえ、スエさん。わたしは雪禎様の妻ですもの。家事はわたしが、と言っています」

「もう十日も毎日こうして早起きなさって。岩津家の奥様なんですから、ゆっくりしていらっしゃったらいいんです。本家の奥方様たちは皆、そうしてらっしゃいますよ」

楓は困った顔で笑い返す。

「縞田の実家からは雪禎様のお世話をすべてできるようにと仕込まれてまいりました。

家事は得意なんですよ。どうか、お手伝いさせてください」

「奥様は器用で炊事もお上手でらっしゃるから助かりますけどね。こう毎朝こき使っていちゃ、スエが雪禎様に怒られますよ」

「雪禎様は怒りませんってば」

水甕を置き、引き窓を開けて煙を逃がす場所を作ってから竈《かまど》と七輪に火を入れる。朝はまだ冷えるので居間の火鉢に火を入れに行き、それから朝餉の仕度に取りかかった。

居間の柱時計が六時を指す頃、平屋の最奥にある居室の前に座り、襖《ふすま》の向こうに声をかけた。

「雪禎様、おはようございます」

「おはよう、楓」

すぐに返事が来たところを見ると、起きていたようである。そっと襖を開けると、楓の夫である雪禎が布団の上に上半身を起こしていた。

「いい匂いがする」

くん、と香りをかぐ仕草をする雪禎は、髪の毛を下ろしているせいか普段より少し幼く見えた。

「鯵《あじ》の干物を焼きました。朝餉にしましょう」

楓は胸の高鳴りを抑え、微笑んだ。

「今日の朝も楓が作ってくれたのかい?」

「スエさんのお手伝いをしただけです」

「スエが言っていたよ。『奥様が働き者で、スエの仕事がなくなってしまいます』って」

スエの口ぶりを真似《まね》て雪禎が言うので、楓は噴き出してしまった。それから、子どもっぽかっただろうかと心配になりながら夫の顔色を窺う。

「差し出たことをしておりますでしょうか」

「私は楓の作る食事が好きだよ。縞田の実家でも作っていたのかい?」

興味本位らしい雪禎の問いに、楓は言い淀《よど》んだ。それからにっこり微笑んで答える。

「いえ。でも、嫁ぐ前にひと通り母と女中頭に仕込まれました。ですので、大抵のことは」

「そうか。スエは腰が悪いから屈んで炊事をさせるのが可哀想だと思っていた。楓が助けてくれるとありがたい」

「はい。わたし、家事は好きですし、力もあるのでお任せくださいませ」

楓は胸を張って請け負った。雪禎が言うなら、スエも家事手伝いをさせてくれるだろう。

着替えて身なりを整えた雪禎が居間に顔を出す頃には、朝餉の仕度は整っている。ちゃぶ台には白米に大根菜の味噌汁《みそしる》。鯵の干物と漬物、昨晩残った大根の煮物である。

「うまい。楓は本当に料理上手だ」

雪禎が感心したように頷《うなず》くと、向かいに座った楓は照れて頬が緩むのを止められない。嫁入りをして十日、楓の作る食事を雪禎はいつも美味しそうに食べ、必ず褒めてくれるのだ。

「奥様はお出汁の取り方も、包丁のお手際も上手でいらっしゃいますよ。お仕込みが本当によろしくて、お嬢様とは思えません」

スエも褒めてくれるが、その言葉に楓は若干慌ててしまう。

「縞田の女中頭は厳しくて……」

「一生懸命学んだのだろう。楓は努力家だな」

素直に認めてくれる雪禎とスエにほっと息をつきつつ、楓は自身の茶碗《ちゃわん》を手に取った。

食事を終えると、雪禎の出勤の時刻となる。シャツの上に軍服の上着を羽織り、きちっと首までボタンを留める。軍帽をかぶり黒の革靴を履くと、雪禎は凛々《りり》しい将校の姿となった。

表にはすでに自動車が待っていた。送迎の車は実家の岩津本家が用意しており、運転手は雪禎の乳兄弟の瀬藤作典《せとうさくのり》がここ数年は当たっている。作典はスエのひとり息子で、本家使用人の仕事の傍ら、運転免許を取ったのだそうだ。

「いってらっしゃいませ」

軍服に身を包んだ夫を見送り、楓の朝の仕事は一段落となる。

門を閉めるとスエが楓の背を押した。

「ほらほら、奥様、洗濯をしますから、居間で御本でも読んでいらしてくださいね。それとも縁側に座布団でも出しましょうか。お日様が当たって気持ちがいいですよ」

「洗濯も手伝います」

「もう、奥様」

スエの呆《あき》れた声を聞きながら、楓は洗濯道具を取りに行くのだった。

洗濯を終え、門前と玄関と庭とを掃き清め、屋敷もひと通り掃除した。

岩津家別邸は麻布《あざぶ》にある広々とした木造の平屋であった。ここに雪禎は長くひとり住まいをしているそうだ。岩津本家は芝《しば》の増上寺《ぞうじょうじ》付近にあり、そこには岩津子爵と後妻である義母、兄・兼禎《かねさだ》夫妻が住んでいるという。楓は岩津家の実家には立ち寄ったことがないので、どんな様子かはわからない。

麻布のこの邸宅はひとり住まいには広いが、働き者の楓にかかれば掃除は午前中に終わる。スエと朝余った白米を雑炊にして昼餉にすると、しばらくやることがなくなってしまった。

スエが一度家に戻るので、楓はひとり中廊下に座った。板硝子のはまった戸を開けると、ここが縁側になる。

広々とした庭にはスズメが舞い降り、ちょんちょんと可愛らしく飛び跳ねて移動している。暖かな風とやわらかな日差しにうっとりと目を細めて、楓は息をついた。

「こんなに平和でいいのかしら」

素足をぶらぶらと投げ出せば、裾が風を孕《はら》み涼しくて心地いい。

「雪禎様はお優しいし、スエさんは親切。わたしは毎日、お掃除と食事の準備。こんなに何もしなくていいものかしら」

それは今までの楓の生活から出た言葉であった。けして雪禎やスエには聞かせられない言葉でもあった。

縞田家の令嬢として嫁いできた楓だが、実家ではこの何倍もの仕事を毎日こなしてきた。そのことを考えると、嫁いでからの十日は退屈すぎるくらい平和なのだ。

「でも、妻のお勤めはまだ果たせていないんだし、精進しなくてはいけないわ」

ひとり呟《つぶや》き、自身を戒めるようにびしりと背筋を伸ばす。

嫁入りから十日、楓と雪禎の間に男女の交渉はまだない。

祝言の日、祝い客がすべて帰った後、岩津家の使用人とスエと協力して座敷を片付け終えた。ものすごくくたびれたようで、雪禎に勧められ先に湯に入ったところ猛烈な眠気に襲われた。結果、不覚にも雪禎が来る前に初夜の床でぐっすり寝こけてしまったのだ。

翌朝目覚めた楓は、横で眠る雪禎を見つけ心臓が止まりそうになった。楓の身動ぎで起きた様子の雪禎に『何もしていないから安心しなさい』と言われ、『申し訳ありません』と頭を下げることで精一杯。雪禎は気にしていないような笑顔だった。

翌日、『今日こそは!』と張りきって準備をしていた楓だったが、雪禎は仕事で遅く、帰宅するとすぐに私室に入ってしまったため楓が呼ばれることはなかった。床を並べる準備までしていたのに不発である。

それ以来、ふたりに艶っぽい空気が訪れることはなく、私室も別のため、新婚夫婦はいつまでも清い身のままであった。

「雪禎様、わたしではつまらないかしら」

あれほどの美丈夫、男も女も放っておかないに違いない。もしかすると、家のために妻は娶《めと》ったものの、他にいい人がいるのかもしれない。

「それとも、やはり育ちを見透かされているのかしら」

楓は呟き、だらりと冷や汗が流れるのを感じた。

＊＊＊

縞田楓が岩津雪禎の元へ嫁入りしたのは大正五年、楓が十八、雪禎が三十の春だった。

日本橋本町《にほんばしほんちょう》の薬種商縞田の末娘である楓と、岩津子爵の次男であり帝国陸軍大尉の雪禎の縁組は双方のお家事情からだった。

しかし、楓は父親にこの話をされるまで、自分がどこかへ嫁に行くなどと考えたこともなかったのだった。

梅がほころぶ一月、楓は父親の縞田正二郎《しょうじろう》に呼び出された。

女中部屋で寝起きしている楓は、家族が住まう二階への出入りは許されていない。普段は店の奥の御勝手や奉公人たちの部屋、裏庭から裏長屋の共同水場あたりが居場所である。この日、二階の家族の居間に呼びつけられた楓は、父と血の繋がらない母を前に、女中らしく正座をして頭を下げた。

「楓、おまえは十九になったたか」

「数えで十九でございます。旦那様」

実際に十九になるのは十一ヵ月先、満年齢は十八になったばかりである。

楓が、実の父親に声をかけられたのは十年ぶりくらいであった。ゆえに父を父とも呼べないのはもちろん、旦那様と呼びかけることすら初めてだった。実父はことごとく楓を避けていた。

「おまえに縁談がある。岩津子爵の御次男、雪禎様に嫁ぎなさい」

縁談。その言葉に楓は面食らった。てっきりこの縞田の家を出ろと言われるのだと覚悟していた。呼び出しの理由が放逐ではなく嫁入りとは。

「旦那様」

慌てる楓に父は平気な顔で言う。

「なに、なんの問題もあるまい。おまえはわしの娘だ」

横で妻が眉間にしわを寄せているが、気づかぬふりをしている。楓は狼狽《ろうばい》し、父の顔を見返し言葉を探す。

楓は確かにこの縞田正二郎の娘ではあった。しかし、縞田家の正式な令嬢ではない。正二郎が柳橋《やなぎばし》の人気芸妓《げいこ》・まつ葉《ば》との間にこしらえた、いわゆる妾腹《しょうふく》であった。

幼い頃は柳橋の置屋の片隅で育ち、まつ葉が病で早逝すると七つで縞田に引き取られた。しかし、本妻の悋気《りんき》から実の子どもとしては扱われず女中部屋で奉公人のひとりとして育った。

父親の浮気の悪癖で、当時女中部屋には似たような子が幾人かいたが、無事に大人になったのは楓と三つ年上の異母姉だけ。その異母姉・巻《まき》も、一年ほど前に恋人と駆け落ちして行方をくらましている。

楓は縞田の女中のひとりとして衣食住を得て暮らしていた。この家を出るときは、父か義兄に出ていけと言われるときだろうと思っていた。

それがまさか嫁入りとは。思いもかけないことになった。

しかも、相手は子爵家と言っただろうか。

「旦那様、わたしは尋常小学校もろくに行っておりません。縞田の娘と言い張るには、あまりに無教養の不調法者です」

「身体が弱くて女学校には行けず、家庭教師をつけていたと説明してある。多少世間知らずでも、読み書きが足りなくとも、上流の婦人は笑顔でいればいい。おまえはその点は問題ない」

「本当に母親にそっくりで。男をたぶらかすのが上手そうだこと」

父の隣で義母が険のある口調で言った。

母親によく似た楓は、粗末な麻などを着て飾り気もなくとも、瑞々《みずみず》しい美しさがあった。花の盛りの十八歳、他所の奉公人に言い寄られたことも何度かある。

楓自身はあまり覚えていないが、母親のまつ葉は小唄と踊りがうまく、たいそうな美女だったと聞く。

「おまえ、よしなさい。楓、うちの家業をよくわかっているね。薬の商いというのは今とても厳しい」

縞田は元禄《げんろく》から続く老舗の薬種問屋であったが、明治期に相次いで薬事に関する法律が整備された折、薬種商となり製薬会社として起業した。

第一次世界大戦による海外医薬品の輸入停止に伴い、国内医薬品の需要の増える中、縞田は同業から後れを取っていた。資金難から製薬開発が難航したためである。江戸期に武家相手に金貸しをしていた縞田は、明治維新でその大部分を回収し損ねていた。さらには、長男次男に薬剤師の免許を取得させる際、方々に金子《きんす》で手回しをしたという噂《うわさ》は楓も聞き及んでいる。

「岩津家は本を正せば京都のお公家。先代が縞田の薬をご贔屓《ひいき》くださったご縁から今回の話が来たのだ。岩津家と縁続きになることで、縞田の家業に箔《はく》がつく」

岩津家は明治維新の際、子爵位を賜り、芝の増上寺近くに邸宅を構え国政に関わってきた華族の家柄である。親戚になれば、製薬会社縞田の家業は資金的にも家名的にも安泰かもしれない。

義理の姉三人は楓より十ほど年上で、とっくに嫁いでいる。仲のよかった異母姉の巻ももういない。父の使える駒は自分だけなのだ。楓は愕然《がくぜん》とした。

「おまえ、そういうわけだからよく聞き分けて岩津の家に行きなさい」

父はこれ以上取り合う気はないといった口調で言いつける。

「おまえのような身分も何もない娘が、華族の家にお嫁に行けるのだから、感謝して精一杯お仕えするように」

都合よく使われたものだ、とさすがに楓も思った。これまで父と親子らしい交流は一切なかった。対外的には女中として扱われ、義理の兄姉とも関わりがなかった。

それが、うまい話が出てきた途端に娘扱いである。手のひら返しのすさまじさに驚いてしまう。

「最低限の礼儀作法は先生をつけよう。祝言までのふた月で覚えなさい。縞田に恥をかかせないように仕立てなければ」

楓は一瞬、自分の身の振り方を真剣に考えた。

ここで命令を無視して、今晩にでも縞田の家を出てしまおうか。帝都を出て、近くの栄えた街を探して、奉公できるお店《たな》を探すのはどうだろう。カフェーの女給や工場勤めなどをして、ひとりで暮らすこともできるかもしれない。

しかし、それをして何になるだろう。父は楓が出奔したとなれば縁談を壊すまいと血眼《ちまなこ》になって探し当てるだろう。縁談が壊れれば、身分は所詮《しょせん》奉公人なのだから、何をされても不思議はない。

それならば、従ったほうがいい。

思えば、他家に嫁して誰かの妻になる人生など考えてこなかった。たとえ、道具のような扱いでも、行き先を与えてもらえるのはありがたいことなのかもしれない。

ふた月のうちに薬種商縞田の令嬢としての立ち居振る舞いを覚え、おとなしく嫁ぐことが最善。

「なに、おまえは幸せ者だ。お相手の雪禎殿は、帝国陸軍大尉。わずか三十歳で前途洋々の将校だ。しかもたいそうな美丈夫とのこと。なよやかで優しすぎるなどという噂もあるが、男としてものにならんということでもあるまい。よくよく仕えて可愛がってもらえ」

殿方に可愛がってもらうものとして娘を差し出すのだから、父の認識で自分は芸妓の母と同じなのだろう。

父は厳しい口調で言い足す。

「それとこれが一番大事だ。決して、おまえの育ちを露見させてはならん。華族に女中を嫁がせたと言われて、離縁されてはたまらない。うちの商いの信用問題だ」

なるほど、いくら主人の娘でも学校も出ていない下働きを差し出したとあっては、馬鹿にされていると岩津家も怒るに違いない。元公家とあれば、芸妓の娘であることを嫌がる場合もある。非がこちらにあれば、離縁をされても文句は言えないだろう。

縞田の家族について、楓は端《はな》から情は感じていなかった。存在を無視されてきたのだ。こちらも情愛を育てる機会はなかった。

しかし、縞田の家と奉公人たちに関しては少々気持ちが違った。縞田という店は、楓が十年以上育ってきた場所である。女中や丁稚《でっち》たちは子どもの頃から顔を合わせてきた者たちばかり。優しくされたわけでもないが、きっちり仕事をこなせば認めてもらえた。着物もおさがりをもらえたし、ありとあらゆることを年寄りの先代女中頭が仕込んでくれた。大人になれば、皆同僚として接してくれた。

縞田の家がつぶれてしまえば、彼らには行き場所がなくなってしまう。若い奉公人ならともかく、番頭や現女中頭をはじめとした半数以上は中高年である。次の働き口があるかも怪しい。

楓が嫁げば、ひとまず家業は安泰。奉公人たちも解雇されることなく、平和に暮らせるだろう。

楓はどこか虚しい気持ちを覚えつつ、また一方で腹を決めた。責任重大なお役目である。覚悟を持って、畳に手をつき額《ぬか》ずいた。

「承知しました、旦那様。これまでの御恩、必ずやお返しいたします」

最後まで父と呼ぶことはしなかった。

自分が嫁入りするのは親兄姉のためではない。あくまで縞田の家のためだ。育った場所を守るためだ。

嫁入りの話はごく一部の者しか知らされず、楓は女中部屋から離れの茶室に移された。同僚の奉公人に別れを言うこともできなかったのは、楓が病を得て療養していると父が言ったからである。

家庭教師がついて令嬢の所作の勉強をさせられた二ヵ月。突貫の特訓ではあったが、祝言までには即席の令嬢が出来上がった。

嫁入りの日の朝、茶室の布団で目覚めた楓は、縞田家の敷地をぐるりと歩き回った。早朝であたりはまだ暗く、表通りも人は少ない。

母と死に別れ、十一年ここで生きてきた。掃除、炊事、雑用はなんでも七つの年から大人に交じってこなしてきた。尋常小学校も忙しくて半分ほどしか行けていない。それでも、仕事をやりきれば大人たちは尊重してくれる。だから、懸命に励んだ。

ここ数年、楓は縞田の奉公人の中では立派な戦力だった。努力家で器用、小柄な体格の割に力の強い楓は重宝された。主人の落胤《らくいん》なのは皆知っていても口にしないもので、あからさまな意地悪をされたこともあったが、柿や芋をくれて優しくしてくれる者もいた。いいことも悪いこともあった。この縞田の店は、楓の居場所だった。

追い出されない限り、このまま女中として働けなくなるまで奉公する。そう思って生きてきた。

お嫁入りは嬉しいこと。姉様たちが手にした幸せが、自分も手に入る。

それに他家にお嫁入りすることで、この店以外の世界が見られるのは興味深かった。世の中は大きく動いているという。欧羅巴《ヨーロッパ》の戦争で国は好景気。列強に追いつけ追い越せと発展していくことを誰もが期待している。

「わたしは素晴らしい機会を得たのだわ」

夫君は軍人だという。その方を支えて、精一杯生きていこう。

恥ずかしい妻だと思われないよう努力し続ければ、嫌われはしないかもしれない。新しい居場所ができるかもしれない。

その日、岩津家に入った楓は、自分の夫となる雪禎と初対面した。雪禎の美しさと優しい気遣いに狼狽し、自分に降ってきた運命に胸を高鳴らせることになるのだった。

＊　＊　＊

とことこと床板を踏む音で、楓は目を開けた。気づけば、自分は縁側に横になっている。うたた寝していたようだ。硝子戸は閉められ、お腹には毛布がかけられていた。

慌てて飛び起き、台所へ向かうと、米をといでいるスエの姿。

「スエさん、起こしてくださいな」

「あれ、奥様。寝ていらしたらいいのに。気持ちのいい午後でしょう。庭の桜の蕾《つぼみ》をご覧になりましたか?」

スエはちゃきちゃきと立ち働く。彼女の仕事を取り上げてばかりでもいけないのかとも思うが、楓も何もしないでいるのは困るのだ。

「ねえ、スエさん。お魚を煮るのはわたしにさせてくださいね」

「はいはい。奥様は味付けも上手だから助かりますよ」

「腰が痛いと雪禎様から聞きました。後で腰を叩《たた》きましょうか」

「まあ、そんなことさせられませんよ、奥様に」

スエが大仰な声をあげるので、楓は腕まくりをして見せた。

「うちの先代の女中頭も六十まで御勝手を切り盛りしていましたけれど、わたしはよく肩なり腰なりをもみましたよ。他の女中たちにも引っ張りだこでした。力があるから皆に喜ばれるんです」

「お嬢様のなさることじゃありませんよ。縞田の御家中は皆さん仲がよろしいんですねえ」

ついうっかり言いすぎたと楓は口をつぐむ。

そうだ。自分は女中じゃなかった。縞田家の末娘、楓である。

「まあまあ、せっかくだからスエさん、今度試してみましょう」

「滅相もない。うちの奥様は変わってらっしゃる」

文句ではなく苦笑いでそんなことを言うスエ。楓は居心地のよさに嬉しくなりながら夕餉の準備を手伝った。

日も暮れ、十九時を時計が告げる頃、車で雪禎が帰宅した。

「お帰りなさいませ」

楓は玄関で出迎える。

「ただいま、楓」

雪禎は軍帽を取り、優しく微笑む。

「お湯の準備ができております」

「ああ、それじゃあ浸かろうかな」

雪禎が風呂に行っている間にスエが帰宅していく。以前は、夕餉の片付けまでスエがしていたのだが、楓が来てからは夜の家事は一切請け負うことにした。スエは近所に住んでいるが、早く帰れるようになって息子の作典と夕餉がとれるとありがたがっていた。

風呂から上がった雪禎が身支度を整えている間に、楓は夕餉を温め返し、居間に運ぶ。

丸卓に並べたのは、千切りの生姜《しょうが》ののったメバルの煮つけに、からし菜のおひたし、わかめの味噌汁と白米だ。

「煮つけがとてもいい味だ。楓の味付けは本当に好ましいよ」

雪禎は必ず穏やかな笑顔を見せて、楓を褒めてくれる。向かいの席で同じものを食しながら楓は恥じらってうつむいた。嫁いで十日、まだまっすぐに見つめられると照れてしまう。そもそも丸卓を挟んだ距離も結構近いように感じるのだ。

「雪禎様、以前はお膳でお食事を用意していたとスエさんに聞きました。もし、お膳がよければ、今後そういたします」

楓自身の食事は長らく奉公人たちと一緒に御勝手の隅の台で済ませるものだった。しかし、一般的にはひとりひとり脚のついた膳で食事をすると、礼儀作法の教師には習っている。

「いや、この丸卓はおまえが嫁に来てくれるから作らせたものでね」

雪禎がさらりと答えた。

「お互い顔を見ながら食事をしたいなと思ったんだ。家族なのだし」

その言葉に楓は心がふわっと温かくなるのを感じた。

（わたしに家族ができたのだわ）

実感すると、嬉しいような、もったいないような不思議な心地だ。

「私の実家は、長いテーブルがあってね。洋机なんだが。そこで家族がそろって食べる。あんまり長いから、兄の顔も父の顔も遠くてよく見えない」

「そんな家具があるのですか。はあ」

「それとも、楓は膳のほうが慣れていていいかい？」

「いえ、わたしも雪禎様のお顔を見て、食事がしたいです。少し照れくさいですが、雪禎様のお顔を近くで見られるのは嬉しいので」

率直な物言いに雪禎が目を見開き、くすくすと笑いだした。楽しそうな声に楓は赤面する。

「あ、あの、わたし……、申し訳ありません」

「なぜ、謝るんだい。おまえは可愛いね、楓」

目を細め口元に手を当てて笑う雪禎は、普段の様子より無邪気に見え、またしても見惚《みほ》れて頬の赤みが引かない楓であった。

夕餉の片付けを終え風呂に入ると、火の元や戸締まりを再確認する。楓の一日の業務もお終いとなる。乾いた洗濯物を畳んで雪禎の部屋へ。廊下に座り中に呼びかけた。

「雪禎様、お洗濯物です」

「ああ、お入り」

雪禎は文机に向かい、本を読んでいたようだ。仕事のものなのか、小説などの読み物なのかはわからない。

楓は洗濯物を箪笥《たんす》にしまい、雪禎の背中に声をかける。

「お床をのべておきましょうか」

「私が自分でやるからいいよ」

「火鉢に火は」

「そんなに寒くはないからいらない。私はもう少し起きているから、おまえはお休み」

そう言われてしまうと、楓もこれ以上何も言えなくなってしまう。

「はい、お休みなさいませ、雪禎様」

額ずいて挨拶し、部屋を出るのだ。襖を閉める直前に、雪禎が思いだしたように名を呼んだ。

「楓」

なんだろうと顔を上げると、雪禎が笑顔でこちらを見ていた。

「湯上がりの髪はもう少ししっかりと手ぬぐいで拭っておきなさい。風邪をひくよ」

「お、お見苦しいところをお見せしました！」

楓は焦って自身のひとつにまとめた髪に触れた。確かにまだしっとりと湿っていて、襟元は若干水の染みができている。

女中時代は頻繁には髪を洗えなかったが、この家には立派な風呂がついていて毎日のように洗髪ができる。嬉しくてちょくちょく洗っているのだが、それを見咎《みとが》められるとは不覚である。

「違う違う」

雪禎が立ち上がり、廊下にいる楓の元に歩み寄ってきた。屈み込み、まだ水気の残る頭を撫《な》でた。

「女性の濡《ぬ》れ髪はなまめかしくて困る。私をあまり惑わせないでほしいんだ」

間近にある美麗な顔でそんなことを言われ、楓はまたしても自分が真っ赤になっていることを自覚した。

口をぱくぱくとさせ返答に困っている楓に、雪禎はにっこり微笑み、奥から自分の洗濯したての手ぬぐいを持ってきた。楓の髪をほどき、わしわしと手ぬぐいで拭き始めた。

「ゆ、雪禎様！」

「ほら、暴れないで。すぐに済む」

制止しようとした手を押し留められ、そのまま髪の毛の水気がなくなるまで手ぬぐいで拭かれた。拭き上がると、雪禎はぱっと楓を解放する。

「いい子だ。あとは火鉢に当たってから休むといい」

「は、はい。お休みなさいませ」

「ああ、お休み」

襖を閉め、今度こそ雪禎の部屋を後にし、まだ火鉢の火の残る居間に戻った。楓は赤くなった頬を押さえ、ほわほわと浮き立つような心地を、唇を噛《か》みしめ耐えた。

「これは……子どもか愛玩動物の扱いかしら……」

なまめかしい、だの、惑わせないで、だの聞こえた気はしたが、雪禎は楓の髪を拭いてくれただけだった。妻として女として求められたわけではない。

雪禎は自分をどう思っているのだろう。まだほんの子どもに見えているのだろうか。

子犬でも拾った気で愛でてくれているのだろうか。

雪禎の優しいけれど捉えどころのない笑顔は、楓にはわからないことだらけである。

「わたし、雪禎様のお嫁でいいのかしら」

楓は呟き、畳にへたり込んだ。頬がいつまでも熱かった。

二　新しいことをひとつ、ふたつ

楓が嫁入りして半月が経った。四月上旬、春爛漫《はるらんまん》。桜が咲き乱れ、岩津別邸の庭には薄紅の花弁が舞っていた。

「ねえ、スエさん。このあたりで野菜の苗が手に入るところはどこでしょう」

午前中の仕事を終え、縁側に腰かけた楓は尋ねた。横でスエが湯呑《ゆの》みを手に、はあとため息をつく。

「また奥様が何か思いつきなさった。どうせ、あそこの畑だった場所に作物を植えたいと思ってらっしゃるのでしょう」

スエの言う通りである。この家に来てからずっと気になっていたのが庭の片隅にある土の盛られた場所だった。どう見てもかつて畑だったようなのだ。

「雪禎様に断ってからにします。でも、はつか大根や菜っ葉なんかを育てたら便利じゃありませんか？」

「奥様、野良仕事はそう簡単じゃございませんよ」

「縞田の家の裏手には小さな畑がありました。薬草やちょっとした野菜なんかを育てていて、わたしはそのお世話を……ええと、見ていたんですけれど、すっかり覚えています」

「わかりました、わかりました。スエが適当なところに当たりますから、奥様は雪禎様にお願いしてくださいましね」

スエが根負けし、楓はやったと顔をほころばせた。

最近、スエは楓がじっとおとなしくしていられないことをようやく理解してくれたようで、家事も柔軟に分担してくれる。畑のことも前向きに考えてくれるようだ。

「何を植えようかしら」

楓は青々と茂る畑の作物を想像して胸をときめかせる。雪禎に食べさせるものを自分の手で作れたら理想的だ。

雪禎との仲はいまだまったく進展していない。しかし、楓はその件についてなるたけ気にしないように努めていた。

雪禎はほぼ毎日、帝国陸軍第一師団歩兵第一連隊の駐屯地である赤坂《あかさか》まで出かけていくが、車で送迎がつくこともあり、スエの話では寄り道などはしていない様子。恋人が他所にいて会っているという疑念はいまだあるが、現時点の楓にはわからないことだ。

夫にいい人がいたとしても、妻の仕事は変わらない。炊事をし、掃除をし、屋敷を居心地のいい場所に整えておく。それだけである。


その晩早速、夕餉の席で畑の件を雪禎に願い出てみることにした。

「庭に畑を、ね」

雪禎はふうんと息をつき、次に楓の顔を覗《のぞ》き込んで尋ねた。

「それはいいけれど、身体は問題ないかい？」

「身体……」

「楓はあまり身体が丈夫でないと聞いた。だから女学校も行けなかったのだろう」

楓ははっとしてコクコクと頷いた。そうだった。縞田楓の設定は病弱で家に引きこもっていた令嬢なのだ。

「朝から晩まで働いて、畑まで手がけるとなると、おまえの身体が心配でね」

雪禎は優しく微笑み、茶碗と箸を置いて楓の顔をしげしげと眺める。

「顔色はいつもよさそうで安心はしているんだが」

「ええと、幼い頃はよく熱を出して家族を心配させましたが、最近は随分丈夫になりました。父が過保護で、外へ出したがらないものですから、家庭教師の先生をお願いしていただけで」

説明は早口になり、声が上ずらないようにするので精一杯。視線はうろうろと壁あたりをさまよい、顔は強張っていたかもしれない。必死の言い訳は、わざとらしく響かなかっただろうか。露見すれば離縁という言葉が脳裏をちらつき、楓はおそるおそる雪禎の顔色を窺う。

「そうか。楓が健やかなら何よりだ。この家のことは自由にしていい。おまえの家でもあるからね」

「雪禎様、ありがとうございます」

「畑ね。うん、次の日曜に私も一緒にやろう」

雪禎の返事に驚いてしまった。畑を耕すなど、陸軍大尉で華族の血筋のこの方にやらせる仕事ではない。

「雪禎様に野良仕事なんてさせられません!」

「私からしたら、新妻にも野良仕事などさせられないよ。でも、面白そうだ。付き合うよ。まずは土を作らなければならないから、日曜は耕すだけで終わりそうだね。苗や種はまだ気が早いから、準備せずともよいかな」

すっかりその気の雪禎を前に、楓は今さら主張を引っ込めることもできず、困り果ててしまった。

日曜がやってきた。楓は野良仕事用の接ぎの入った古い縞を着て袖をたすき掛けにした。下も洋袴《ズボン》型の腰巻きを穿く。

これは縞田の家で畑仕事をするときに使っていたものだ。念のため持ってきてよかったと思う。

鍬《くわ》を手に庭に出ると、雪禎も準備万端やってきた。白いシャツにズボン姿なので楓は慌てた。

「雪禎様、それでは汚れてしまいます」

「なに、安心しなさい。これは古くてスエに雑巾にしてもらおうと思っていたシャツだ。ズボンも見てごらん。着丈が短いだろう。十代の頃のものなんだ」

雪禎は平気な顔で、畑にする予定の土地を眺め渡した。畳で六畳程度の場所である。

「草刈りと小石取りは済ませてくれたんだね」

「はい。以前は畑だったようですが、もう土も硬くなっています。やはり作り直しですね」

「今日は耕して石灰を撒《ま》いて終わりだろう。半月経ったら肥料を混ぜて、苗を植えるのはひと月後といったところか」

楓は縞田の家で薬草畑や野菜畑を見てきたので畑作りを知っている。しかし、口ぶりから察するに雪禎もまったくわからないわけではなさそうである。しげしげと横顔を見ていると、雪禎がぐるりと楓に顔を向けた。

「何を植える予定だい？」

「ええと、茄子と胡瓜《きゅうり》と、あとオクラを。夏には食べられます」

「ああ、いいじゃないか。楽しみだ」

「場所が余れば、はつか大根と小松菜をやろうかと。これはもっと早いですよ」

楓は答えて、手ぬぐいを頭にくるりと巻いて姉さんかぶりにする。

横を見れば、雪禎は手ぬぐいを腰に下げ、ぐいとシャツの袖を腕まくりしていた。その姿に楓は目を瞠《みは》った。筋肉の浮いた雪禎の前腕が見える。普段は軍服や浴衣の奥に隠れているその部分にどぎまぎした。筋張った手の甲や指もよく見え、その男らしさに余計胸は高鳴る。

「楓？」

こちらを見て微笑む顔の精悍《せいかん》さ。普段は美麗な顔立ちや所作ばかり注目してしまうが、こうして見ればこの方はなんとも立派な男子であると思わずにはいられない。

「どうした？　目眩《めまい》でもしたかい？」

「いえ、雪禎様の男ぶりが素晴らしくて、目がくらんでおりました」

なんとも素直に答えてしまった。妙な間が流れ、楓は慌てた。

「あの、わたし、また変なことを……！」

「そう面と向かって褒められると、照れくさいね」

雪禎がくつくつとおかしそうに笑い、楓は穴があったら入りたい心地でうつむいた。

雪禎があらためて鍬を握る。さくさくと先を土に当て、硬さを探っているようだ。

「楓は下がっていていいよ」

「いえ、わたしも」

楓は気を取り直して、もう一本の鍬を握った。持ち上げて見せる。

「力はあるんですよ。お見せしますから」

「それは楽しみだ」

硬い土に鍬を入れ、何度か繰り返す。鍬の先で土をほぐし、また鍬を振るう。

さすがに雪禎は力があり、重たい鍬をなんなく使いこなす。楓も一生懸命鍬を振るった。

途中、スエがお茶を運んできてくれて休憩を取り、昼過ぎまでかかって土を完全にならすことができた。

「石灰を取ってきます」

用意しておいた石灰を取りに行こうと、楓は鍬を置いた。そのときだ。やわらかくなった土に足を取られ、ぐらりとよろけた。ああ、転ぶ、と楓が覚悟した瞬間、その身体を後ろから雪禎が抱きとめるように支えた。

「危ない、楓」

力強い腕が楓の腰に回されていた。シャツから覗く前腕が自分の腹あたりに食い込んでいる。楓はぎょっとしつつ、雪禎の腕の中で身をよじって、彼を見上げた。

「雪禎様！　すみません！」

綺麗《きれい》な顔が思いのほか近くにあり、雪禎の吐息が額にかかった。形のいい額に汗の粒が見える。

「大丈夫かい。足をひねったりはしていないか？」

「はい。……雪禎様は、やはりお力が強いんですねぇ。わたし、結構目方があると思うのですけれど、軽々と……」

「自分で目方があると言ってしまうんだね。でも、おまえは軽いよ。背丈も五尺ないほどだし」

「雪禎様は六尺はございますね」

楓はそこで、いつまでも雪禎の腕の中にいる自分にはっとする。べったりとくっついた状態で、悠長に話をしているなんて、はしたないと思われてはいないだろうか。

足を踏みしめ、雪禎の腕をぐいと押す。楓の力ではびくともしない腕だが、楓の意志を感じたのか、雪禎はあっさり解放してくれた。それでも楓の慌てた様子をなおも面白そうに眺めている。

恥ずかしさでおろおろとしながら、楓は今度こそ石灰を取りに駆けていくのだった。


出来上がった土に石灰を撒いて、鍬で混ぜれば、今日の仕事は終わりだった。

土はふっくらとやわらかそうになり、色も濃い茶色である。仮で畝を作り、ふたりは鍬などの道具を片付けた。

「さあさあ、おふたりともお湯の準備ができておりますよ」

スエが縁側で呼んでいる。

「順に浸かってくださいませ。お昼の準備をしておきますからね」

手ぬぐいで泥や汗を拭いつつ、楓はスエに駆け寄った。

「スエさんに全部任せてしまって申し訳ないです」

「ごぼうみたいに真っ黒な奥様にお昼飯《ちゅうはん》の仕度なんかさせられませんよ。さあさあ、お湯ですよ。足を拭って、縁側に上がってくださいね」

楓は自分の出で立ちを見下ろす。確かに土で着物は汚れ、爪まで真っ黒だ。これはよく石鹸《せっけん》で洗い流さなければならないだろう。

スエに畳を歩くのを禁じられたので、縁側から廊下を進み奥の風呂場へ向かった。脱衣所にはふたりの着替えと真新しい手ぬぐいが準備されている。

「楓、先に入っておいで」

雪禎が譲ってくれるので、楓は首を振って「雪禎様がお先に」と答えた。それからいいことを思いついたとばかりに伸び上がって尋ねる。

「そうだ、お背なを流しましょうか？」

雪禎がぶふっと噴き出した。微笑まれたり、くすくす笑われることはあったけれど、噴き出したのを見たのは初めてだ。可愛い笑い方だと思いつつ、これは自分の言動が不意打ちだったのだろうと、冷静に振り返る楓である。そして、自分が誘うような言葉を吐いていたことに愕然とした。

「楓は大胆なことを言う」

「申し訳ございません……。仕事をスエさんにすべて任せてしまいましたもので、雪禎様のお世話を、と思ったのですが。わたしはどうしてこう変なことばかり……」

令嬢のふりどころか、普通の女としても妙なことばかり口にしてしまう。これでは雪禎に呆れられると青くなっていいのか赤くなっていいのかわからない。

すると、雪禎が少し考えるような顔をした。

「一応聞くが、縞田の実家で家族の誰かに背なを流せと言われたりしたことはあるのか？」

楓は意味がわからず首を傾げた。

「いえ、……兄様も姉様も年が離れておりまして、あまり交流はありませんでしたし」

「そうか、ならいい。一緒に来てくれてなんだが、縁側で陽に当たって少し待っておいで。すぐに湯を済ませるから」

楓は自身の失言に首を二度三度傾げながら、縁側に戻る。縁側に面した居間では、スエが昼の握り飯をたくさんこしらえているところだった。

楓も湯を済ませてしまうと、三人で昼餉を食べた。楓は耕した畑を満足の心地で眺めた。

「ご夫婦ふたりの食卓が賑《にぎ》わう野菜は作れると思いますよ」

スエも待ち遠しそうな声音だ。

「苗は息子に手配させましたので、苗植えのひと月後にはご準備できます」

「苗植えの前に半月ほど経ったら、肥料を混ぜなければならないんですよね」

「それも私が一緒にやろう」

楓の言葉に雪禎が湯呑みを手に言う。

「わたしで足ります。そう何度も雪禎様のお手を煩わせるのは……」

「私も今日は楽しかったからね」

こともなげに雪禎は答えた。

「子どもの頃、岩津の実家に出入りしていた植木職人がいてね。倅《せがれ》と仲がよかったから、スエの息子とその家に遊びに行くことが多かったんだ」

「ああ、作典と三人でよく遊んでいらっしゃいましたねえ」

スエが懐かしそうに言い、雪禎が頷いた。

「夏に行くとその家の畑に胡瓜がなっていてね。もらって食べたものだ。あれが美味しくて、岩津の家でも畑を作れないものかと思案したよ」

「庭園やバラ園はございましたけど、畑はねえ」

楓は見たことがないが、岩津家は瀟洒《しょうしゃ》な洋館だと聞く。胡瓜や茄子の畑は確かにそぐわないかもしれない。

「だから、楓が畑と言いだしたときは、少し胸が高鳴ったよ。普段の世話は任せてしまうが、なるべく手伝わせてほしい」

目を細め、懐かしい思い出をたどるような表情をする雪禎に、楓は嬉しくなって頷いた。

「はい、では一緒にたくさん野菜を作りましょう。雪禎様の記憶にある胡瓜くらい美味しいものを育てます」

「それに」

雪禎が言葉を切って、言った。

「楓が転んだとき、支える腕がいるからね。なるべく一緒にやるさ」

「も、もう、転びません！」

楓は慌てて答え、スエが楽しそうに笑った。

半月が経った。桜はすっかり散り、木には新緑が見えるようになる。

この日の堆肥を足す作業は少々重労働だった。業者が届けてくれた堆肥を土に混ぜ、鍬でよく馴染《なじ》ませる。

全身に土と堆肥のにおいがついてしまい、楓は雪禎に申し訳ないことをしてしまったと思った。

それぞれ湯に浸かり、髪の毛まですっかり洗い粉で洗い上げるとようやくさっぱりとした。

その日、夕餉を済ませた後、雪禎が部屋から何か持って居間にやってきた。

「楓、ちょっとそこに座りなさい」

洗い物を終えて、手ぬぐいを手に居間に戻ってきた楓は、素直にちょこんと正座した。

雪禎が向かいに座る。

「手を出して」

「はい」

言われるままに手を差し出すと、その手をぎゅっと両手で握られた。

驚いて声が出ない。

もしかすると、これはいよいよなのだろうか。同衾《どうきん》の誘いかもしれない。

嫁入りからひと月が経った。いまだ、楓は雪禎に抱かれていない。

寝所は別、触れ合うようなこともない。ただ毎日食事をともにするだけの間柄である。

優しくはされているし、今のところ嫌われてはいないようではある。つまり可能性は充分。

心臓がどくどくと大きな音をたて始めた。

こうしたときにどうしたらいいのだろう。令嬢の礼儀所作は家庭教師に習ったが、男女間の適切な対応など習うはずもない。記憶の中を探ると、三つ年上の異母姉の巻が思い浮かんだ。

『そんなの身を任せるしかないよ』

巻には年頃からいい人がいた。惚れっぽいようで、ちょくちょく相手が変わるのだが、その逢瀬《おうせ》の話は聞き及んだことがある。巻も妹の楓しか喋《しゃべ》る相手がいなかったようだ。

『こちらも向こうもお互い好いていたら、接吻《せっぷん》も同衾も自然なことさ』

巻は大人びた笑顔でそう言った。

『身を任せるんだよ。殿方はじいっとおとなしい女が好きなのだから』

そうか、ここで姉の薫陶が役に立つのだ。

楓は雪禎の目を見て静かに息を呑んだ。何をされてもいいように身動ぎもせず、おとなしい女になりきる。

視線が絡んだ。雪禎の唇が薄く開く。

「やはり、冷たい」

「え？」

「水仕事の後だものな」

そう言って、雪禎は楓の手を両手で包み、こすりだした。

ひとしきり摩擦をすると、困惑する楓からぱっと手を離す。取り出したのは馬油の瓶だ。

「あまり冷たいと伸びが悪い」

「雪禎様……あの」

「日々の家事だけでなく、畑仕事もあれば手指も荒れるだろう。以前から気にはなっていたんだが」

雪禎は瓶から馬油を取り出し、自身の手のひらでやわらかく融かすと楓の両手を包み、丹念に馴染ませてくる。

手荒れを気遣ってくれていたのだ。

理解すると様々な感情がぶわっと噴出してきた。

まずは、同衾の誘いと勘違いした自分自身への恥ずかしさ。次に、それを雪禎に気づかれてはいないかという焦り。さらには雪禎に両手を取られ、優しく保湿してもらっているという状況に、いても立ってもいられないほど混乱していた。

「ゆ、雪禎様！　わたし、自分でやります！」

「私も一緒に保湿しているからちょうどいいんだよ」

「もしかして、今まで荒れた指先など見苦しい様をお見せしていましたか？」

「見苦しいのではなく、妻の手指が痛々しいことを心配していただけ。おまえがスエを手伝ってくれるのはありがたいけれど、もうひとり女中を雇えば済む話だ。屋敷の奥様としてのんびり暮らしてくれても構わないんだからね。買い物や観劇だって、スエをお伴に出かけるといい。気ままに過ごしてほしい」

雪禎の言葉に、楓ははたと止まる。

読書や刺繍《ししゅう》を楽しみ、観劇や買い物に出かける。上流の婦人はそうして過ごすのかもしれない。少なくとも、雪禎の義母や兄嫁はそうなのだろう。

「雪禎様さえお許しくださるなら、これからもわたしは家事一切をお任せいただきたいと思っています」

楓は雪禎を見つめて答えた。

「性分でしょうか。じっとしているのが苦手なのです。雪禎様が日々不自由なく快適に暮らせるよう努力します。それがわたしの喜び。どうか、家事を続けることをお許しください」

楓のあらたまった懇願《こんがん》に、雪禎が苦笑いをして嘆息した。

「反対はしていない。楓がのびのび暮らしてくれることが一番いいと思っているよ」

「でしたらどうか、家のお仕事をさせてください。それにせっかく堆肥までこねたのですから。畑をやめたらもったいないです。わたしと雪禎様の畑なんですから」

「違いない。美味しい野菜を作ってくれるんだったね」

しっとりとした互いの手が離れると、先ほどまでの緊張はどこへやら、温度が遠ざかってしまったことを残念に感じていた。

もっと手を繋いでいたかった。そんなことは言えないけれど。

雪禎が楓の顔を覗き込んで尋ねる。

「クリームは知っているかい。伸びのいい手指の油なんだが」

「買ったことはございませんけれど、存じております」

縞田は女性向けの美顔のための商品は扱っていなかったが、楓とて女中たちの話していた化粧品の情報は多少知っている。白粉を叩く前に塗る化粧水や、保湿用のクリームなどは人気があると聞いた。

「花の香りのクリームがあるそうだ。今度探しておくよ」

「花の香りの……」

「香水みたいに香ると聞く」

義母がつけていたいい香りの香水を思いだす。

義母は着物の袖に少しつけていただけらしいが、義母が通るたびにすずらんの香りがしたのだった。クリームもそんなにいい香りのものがあるとは知らなかった。

「それなら、わたしも雪禎様もそろって花のいい匂いになりますねえ」

「……ああ、また塗ってあげるから楽しみにしておいで」

雪禎はそう言って、立ち上がった。廊下を居室に向かっていく足音を聞きながら、楓ははっと気づいた。

「まるでおねだりみたいになってしまったわ……」

彼は探してくれると言っただけだ。花の香りのクリームをあなたの手で塗ってほしい。そう聞こえただろうか。

今さら訂正もできず、楓は自身の手を眺めるばかり。まだ雪禎の手の優しい感触が残っているかのようだった。

三　デパァトへ行こう

日用品のほとんどはやってくる御用聞きに頼むのが家の常であった。楓のいた縞田家は出入りの商人もいたが、不意に足りなくなったり、珍しいものは女中が買いに行くことも多かった。

雪禎と暮らすこの邸宅は御用聞きの届けてくれるものでだいたい事足りてしまう。それでも必要なものがあれば出かけるが、築地《つきじ》や神田《かんだ》は少し遠いので、だいたいが近所で用立てる。

屋敷の坂の下にいくつか店はあるし、麻布善福寺《ぜんぷくじ》の門前町あたりに行けば青物や小物は手に入るのだった。

「あとひと月もすれば、衣替えだな」

朝餉の席で、雪禎が言った。もうそんな時期かと楓は思う。

間もなく五月。日差しは暖かく、暑いくらいの日もある。五月の末までには衣類に風を通しておかなければならないだろう。

「雪禎様の夏物はお天気のいい日に虫干しいたしましょう」

「それもいいが、いくらか新調しないか」

「単衣に薄物は、実家から持ってきておりますので、わたしは足ります」

季節ごとに新調するのが岩津家のしきたりだろうか。

とはいえ、楓の持たされた着物のほとんどは新品である。いくらか質のいい絹の袷などは義姉のおさがりもあるが、それ以外は嫁入りのために誂《あつら》えられたものばかり。女中だったと知られないための実家方の工作である。

「雪禎様の夏の着物は誂えなければなりませんね」

「私こそ別に急いでいない。普段は軍の支給品のシャツにズボンばかり着ているのだから」

雪禎が言葉を切って、優しく笑う。

「新妻に新しい帯も買ってやれないいじゃあ、いい夫とは言えないだろう」

「そんなお気遣いいりません」

楓は困って笑い返した。

何しろ、家の中では木綿や紬《つむぎ》の着物を着て家事や畑仕事ばかりしているのだ。

万が一、雪禎の職務上夜会に同行せよとなった場合や、岩津本家に出かけるなどの用事の際は、実家が誂えてくれた絹のひとつ紋付を着ればいい。外出着にと付け下げや友禅も持たされている。

縞田のためとはいえ、衣類や持ち物に関しては、父は羽振りよく準備してくれた。よって楓は、令嬢に相応しいものをずらりと持参している。

「丸帯をいくつか、単衣も何枚か。家で着られる普段着がよければ、銘仙《めいせん》で何着か誂えるといい。安いが柄が綺麗なものが多いと聞いているよ。なあ、スエ」

雪禎が話を振ると、お茶の準備をしていたスエがうんうんと頷く。

「銘仙はこれからいっそう流行ると思いますよ。ハイカラな柄が多くて、頑丈なんです。スエは奥様に上等な単衣なり帯なり、小物なりを買って差し上げてほしいですけれどね。奥様はただでさえ、質素倹約家でいらっしゃるから」

「はは、じゃあいろいろ見よう。楓、次の週休日にデパァトへ出かけようか」

「デパァトへ⁉」

楓は思わず頓狂な声をあげてしまった。

このあたりでデパァトと名の付く百貨店ならきっと三越《につこし》日本橋本店だろう。実家のほど近くで、楓も外側の様子はよくよく見知っている。どんな人々が出入りするかも。

「縞田の家の近くだね。行ったことはあるかい」

「えっと、いえ……。虚弱だからと、ろくに縞田の家を出たこともございませんで」

「そうか、ならいい機会だ。作典に車を頼もう」

とんとん拍子に決まってしまい、楓が戸惑っているうちに雪禎は仕事へ出かけていった。


「どうしましょう。デパァトだなんて」

食後の片付けを終え、スエとともに洗濯をしながらつい呟いてしまう。

「いいじゃありませんか、奥様。さっきも言いましたけれどね、奥様はもう少し華やかに装ってもいいと思いますよ。雪禎様は浪費家ではございませんし、この麻布のお屋敷にスエひとりしかお雇いにならずにいらっしゃる。奥様の楽しみにお金を使うのは、とてもいい経済の回し方です」

スエがさもいいことを言ったとばかりに鼻で息をつく。楓は困って言葉を探した。

「でもわたしは……。もったいないような気がします」

楓からすれば今の生活は充分に幸せなものだった。寝起きする暖かな布団があり、真新しい畳の居室も与えられている。

家中の掃除は苦になるほどでなく、毎日湯で身体を清められるのも最高だ。新鮮な食材で美味しい食事を作れるし、それを囲む大事な人がいる。

その大事な夫君は、楓に女として触れることはないが、優しくいつも穏やかだ。厳しい帝国陸軍の将校とは思えないほどに。

女中上がりの娘に、これ以上の幸せなどあるはずもないように思われた。さらに身なりを整えるために金子を遣われるのはしのびないのだ。

そこではっと楓はスエを見た。

「それともスエさん、わたしは見苦しいでしょうか。雪禎様の細君として」

「へえ?」

「野暮ったく当世風じゃない娘に見えるから、改めよという意味でしょうか。雪禎様のご真意は」

焦った顔で尋ねると、スエが噴き出し、あははと声を出して笑った。

「何をおっしゃいます。奥様は若々しくて瑞々しくて、もうそれだけで素敵でいらっしゃいますよ! ご両親のお譲りですかね、お顔立ちは観音様のよう。美男の雪禎様に、これほど釣り合うご婦人はいないと、スエは最初から思っておりますよ」

「でも、スエさん。わたしは所作や仕草が荒っぽくは見えませんか? 髷も結っていないのは格好悪いでしょうか」

「縞田家のお嬢様が何をおっしゃいます。所作はきびきびしてまるで武家のご令嬢のように見えます。髷は、今は洋髪も流行りだしていますからね。……そうだ、今度のお出かけはスエが髪を結って差し上げましょう」

スエが胸を叩いて言い、楓は困った顔のまま頷いた。デパァトを遠慮する方策どころか、外出のお膳立てまでしてもらう流れになってしまったのだから。

雪禎は日曜日が休みであることが多い。訓練の日程にもよるが、兵士も週休があるのだ。

五月に入った最初の日曜日がデパァトへ行く日と決まった。前夜のうちに楓は外出着としては上等な正絹の色無地と西陣織の八寸の丸帯を準備した。

嫁入り道具に白粉と紅は持たされているが、今まで使ったのは祝言の折だけで、自分では使い方もおぼつかない。

朝餉の片付けもそこそこに身支度をしているとスエが入ってきた。

「下地にへちま水を用意しましたけれど、奥様は生地が白いから白粉なんてそうそういりませんね」

スエは白粉を溶くために用意した瓶と刷毛《はけ》を文机に置いた。

「紅だけ最後にさしましょう。あら、棒紅をお持ちですか」

「実家から持たされたものです」

鏡台の前に楓を座らせると、スエはすいすいと豚毛のブラシで髪を梳《と》き始めた。

「あの、スエさん。髪結いを呼ぶわけではないんですか？」

「今日は英吉利《イギリス》結びにして差し上げますから、じっとしてらしてくださいまし」

スエの手つきは手慣れている。いつも後ろにひとつ、低い位置で馬の尾のように垂らしていた髪は、スエの手で三つ編みにされていく。洋髪にするのは初めてである。

「雪禎様のお姉様の佐千代《さちよ》様が女学校時代に、髪を結って差し上げておりましたもので」

「まあ、そうなんですか」

雪禎の姉は十二歳上で京都にお嫁入りしたと聞いている。祝言は遠方で来られなかったのだ。

「佐千代様は華族女学校にお通いでいらっしゃいました。昔は鹿鳴館《ろくめいかん》風のドレスが制服だったそうですが、佐千代様の時代は絹の御召や銘仙の着物に海老茶袴《えびちゃばかま》、髪はマガレイトに結って大きなリボンをふたつつけるのが定番でいらっしゃいましたね。もう二十年ほど前のことになります」

「今も女学生はそう変わらないですね。縞田の姉様たちは、髪は高島田で花と房のついた前ざし。木綿の着物に海老茶の袴、編み上げ靴をそろってお召しでした。華美なものは駄目と言われていたようですけれど、こっそりと銘仙や、めりんすを着ていったようです。姉様たちはいつも色とりどりでした」

「女学生はいつの時代も花に舞う蝶々《ちょうちょう》のようでございますね。奥様はお身体が弱くて女学校に通わせてもらえなかったのでしょう。せっかくですから今日は女学生風の束髪でいってらっしゃいまし」

なるほど、スエは若い女性の身なりを経験していない楓のために気を利かせてくれたのだ。

その心遣いに、楓は嬉しいような照れくさいような心地になった。

「でも、夫のいる婦人の髪型としていいのでしょうか」

「英吉利結びは頑丈ですから、職業婦人にお薦めと言われるくらいですよ。よくお似合いですからご安心なさいませ」

そう言って、スエは編んだ髪をくるくると団子にし、薔薇《ばら》の花のかんざしと玉飾りのかんざしを二本、髪の根元に差し込んだ。合わせ鏡で見せてくれた英吉利結びはとても綺麗だ。義姉たちも義母も髪結いに髷を結ってもらっていたので、この英吉利結びは初めて見た。

「スエさん、とても素敵。お上手です。かんざしをお借りしてもいいのですか？」

「このかんざしはスエが佐千代様から賜ったものです。ばばにはつけていくところがございませんから、奥様がつけてくださったら嬉しゅうございますよ」

最後にスエが口元に紅をさしてくれる。そうすると、鏡の中の楓はハイカラで上品な婦人に見えた。

居間では雪禎が準備万端で待っていた。濃紺の背広姿の夫は、普段とはまた違った雰囲気である。軍服を着ていると凛々しさや精悍《せいかん》さが目立つが、今日は上流の紳士といった落ち着いた雰囲気だ。

どこか色気のようなものも感じ、楓は雪禎の背広姿を見たときから、どぎまぎと心臓が鳴るのを止められなかった。

「楓」

雪禎は居間に現れた楓をしげしげと見つめ、それから近寄ってきた。長い指がくいと楓の顎を持ち上げる。

顔や髪型をじっくり見分されているのだと思い、緊張感から顔が強張ってしまう。

「愛らしい」

ぼそりと雪禎が言った。それは常日頃楓を褒めてくれる言葉とは少し違い、ひとりごとのようだ。目も真剣に楓を注視している。

「雪禎様……？」

まるで接吻でもされるのかというくらい顔が近いので、楓は戸惑って名を呼んだ。

すぐに雪禎が手を離して、にっこりと微笑んだ。

「楓はもともと美人だけれど、紅をさすと顔色が際立って綺麗だね。髪の毛はスエがやったのかい？」

「はい……」

「かんざしは姉が似たのを持っていたな」

スエが楓の後ろで笑って答えた。

「スエが佐千代様から頂戴したものですから。よく覚えていらっしゃいますね、雪禎様」

「そうか。懐かしいわけだ。でも、それなら今日は楓にかんざしやリボンも買ってあげなければね」

「お、おかまいなく！」

楓は慌ててそう言った。

玄関先には作典が待っていた。今日の運転手も務めてくれるという。作典は岩津家使用人の中で、唯一運転免許を持っているそうだ。

「作典さん、ありがとうございます」

楓と雪禎は後部座席に乗り込んだ。楓の口にした礼に、海外製の乗用車を発進させながら作典がからっと笑った。

「いいんですよ。たまに麻布、赤坂界隈《かいわい》以外も運転しないといけませんからね」

楓が不思議そうな顔をしているのが車の鏡で見えたようだ。重ねて答える。

「旦那様は肝心なときはいつも人力車です。車は持っていることに意味があるようであまりお使いになりません」

「岩津の家は古くからお抱えの車夫が幾人もいるからな。父も兄も、出仕の際はいつも人力車だ。おかげで自動車と作典は私が優先して使える」

雪禎が満足そうに言った。職場である駐屯地までの往復は大抵この自動車で、軍内にも自動車があるらしく、雪禎は慣れているようだ。

帝都でもタクシーなど自動車は走ってはいるが、まだ庶民に馴染みのあるものではない。欧羅巴で戦争中のため現在は輸入車が少なく、自動車自体が品薄だとは聞いている。

初めて乗る車はゴトゴトと揺れる。楓は怖いような楽しいような妙な心地であった。

「窓を見ているといい。酔わないから」

「自動車は酔うものなのですか」

「揺れるからね。まあ、慣れるよ」

雪禎に言われるままに、楓は窓からの景色を眺めた。

嫁入りの日に、人力車に揺られて見た景色を逆に進んでいる。しかし、嫁入り当日はよほど緊張していたらしく、記憶には何も残っていない。今見る帝都の景色はどこも新鮮だった。

日本橋という経済の中心地に育っていながら、楓が知っているのは店の中と、近所の商店、魚河岸くらいだ。何も知らないまま大人になってしまった。

まるで赤子のような娘が、帝国陸軍将校の妻たりえるのか、楓はふと不安な心地になる。

「三越は二年前に行ったきりだな」

雪禎が作典に尋ねる。作典が明るい声で答えた。

「ええ、そうですよ。佐千代様に半襟を贈るとおっしゃって。上野で博覧会があった年です。博覧会も雪禎様のお伴をさせていただきましたね」

「私は付き合いで仕方なくだったけれど。楓は上野《うえの》の博覧会を覚えているかい？」

楓はまごまごと言葉に詰まる。

天皇陛下即位記念に上野で博覧会があったという話は噂で聞いていた。エスカレーターという動く階段や、池の上を横断できる空を進む籠があったそうだ。上流層だけでなく、労働者たちも入場料割引の際は詰め寄せたと聞くが、楓には遠い出来事だった。

「父や兄様たちは行ったと聞いていますが、わたしは……」

「そうだったね。おまえは百貨店も初めてだったものね。猿若町《さるわかちょう》なんかも行ったことがないかい」

猿若町とは、歌舞伎や活動写真の興業小屋の建ち並ぶ浅草《あさくさ》六区近辺のことである。

「帝劇もないだろう。順に行ってみよう」

こちらを覗き込み美しく微笑む雪禎に、楓は頷くことで精一杯だ。そんなにあれやこれやと気を回してくれなくてもいいのにと思うが、それを言うのもせっかくの厚意を退けているようで言いづらい。

「奥様、ぜひ雪禎様にお付き合いください。うちの旦那様は、将校様になってから随分堅くてね。昔はもっとやんちゃで好奇心の旺盛《おうせい》なお人だったんですけれど」

作典が遠慮のない声で言って笑い、雪禎のほうは苦笑いで返す。

「作典、おまえは、私のお伴の役目が減って残念じゃないのかい？」

「いやあ、お役目はすっかり奥様にお譲りいたしますよ」

ふたりの垣根のない会話に楓は少し面食らった。乳兄弟とは聞いていたけれど、このふたりは主従というより仲のいい友人同士に見える。学生時代のままのような空気だ。

雪禎の作典に見せる気を許した態度が、少しだけ羨ましい。夫は優しいけれど、楓に対してこれほど気軽な雰囲気はまだ見せてくれていないように感じる。

デパァトの車付は人力車と車夫で埋まっているので、少し離れた路上で自動車を降りた。

「さて、お帰りの頃にまたお迎えに上がりたいのですが」

作典の伺う言葉に、雪禎が答える。

「帰りは楓と、車を拾って帰るから大丈夫だ。今日はおまえも休みだろう。スエとふたりでのんびり過ごすといい」

作典が運転する自動車が去っていき、楓は雪禎を見上げた。その後ろには今日の目的地であるデパァトがそびえている。

「さあ、行こうか」

「はい」

ふたりで連れ立って歩きだした。こんなふうに一緒に外を歩くのは初めてである。

このあたりは実家の縞田家のほど近くで、いつ知り合いの女中にでも会うかとも思われたが、今の自分を見て縞田家の女中だった楓を思い浮かべる人間はいないだろう。

上質な着物に洋髪めいた束髪で、紅をさしている。接ぎのない白い足袋に白い花緒の下駄を履いて、夫の数歩後ろを静かに歩いているのだ。

デパァトの入り口でふと雪禎が動きを止めた。視線の先を追うと、車付にいる軍服姿の男性を見ているようだ。

知り合いだろうか。考えていると、雪禎が近づいていって声をかけた。

「武良《むら》少尉」

雪禎に呼ばれて武良という若い男性がこちらを見た。次の瞬間ぱっと敬礼をする。

「岩津大尉殿、おはようございます」

「貴様、今日はどうした」

雪禎の口調や声調が少し違う。楓は一歩後ろに控えて、そんなことを考える。

「今日は尾長《おなが》少佐のお供であります。うまいものを食わせてやるからついてまいれと言うので来たのですが」

爽やかな口調で言う武良という若い将校は、楓とさほど年も変わらないように見えた。人懐っこい顔で雪禎を見上げている。

「その尾長少佐は」

「少佐は奥方との約束をすっぽかしていたそうで。ほんの今さっき気づかれまして、慌ててご自宅に電話中です。私の見立てでは、今日は奥方に謝罪の品を買ってお開きとなりそうですね」

茶目っ気たっぷりに笑う武良。陽気な性格が口調や表情から伝わってくる。

「それは不憫《ふびん》だな。別の機会に、俺が飯でも奢《おご》ろう」

「岩津大尉殿に奢ってもらえたら、望外の喜び。しかし、美しい奥様の前で、酒や花街へは誘えませんね」

「誰が、花街なんぞ行くか」

「冗談でございますよ。……奥様、ご挨拶が遅れました。武良清一《せいいち》と申します。岩津大尉殿の隊で小隊を任されております」

武良が楓に向き直り、びしっと気をつけをし、敬礼をする。

楓は慌てて頭を下げた。

「楓と申します。主人がお世話になっております」

楓の返答に、武良が明るい笑顔になった。

「世話になっているのは私どものほうです。岩津大尉はこう見えて鬼と呼ばれる猛者で、私は岩津大尉の部下になったときになんたる幸運と思いました。すごいお人なんですよ」

武良の熱の入った説明に楓が圧倒されていると、雪禎が武良の額に手をやり、ぐいと押しのけた。

「こら、貴様。新妻に、鬼だなんだと吹聴するな」

「はは、これは失礼しました！」

そう言った武良は全然反省していない様子で明るい。楓は楓で、想像もつかない雪禎の鬼大尉ぶりを想像し、首を傾げていた。

どこをどうやったら、この穏やかな人が鬼と呼ばれるほど変貌するのだろう。

「そろそろ、尾長少佐をお迎えに上がります。それでは」

武良は雪禎に耳打ちをし、また「こら」と短いお小言をもらって、去っていった。

「いかがされましたか」

「なんでもないよ。寄り道になってしまってすまなかったね」

雪禎は余裕のある笑顔。口調はすっかりいつものものに戻っていた。

デパァトは盛況だった。土足厳禁とあり入り口で下駄に覆いをかぶせられ、少々歩きづらい。身なりのいい客が多く、社会的にそれなりの収入のある者しか来られないところであることがよくわかる。

エレベーターは混み合っていたので、エスカレーターに乗った。動く階段に乗るのは初めてで少々怖かったが、先ほどの車も含めて面白い経験だとも思った。

「反物を見よう」

雪禎に言われるままに呉服の階にやってきた。デパァトは各階によって扱うものが違うが、面白いのは洋服にしろ着物にしろ、見やすく展示していることだった。宝飾品や、時計なども硝子製の棚に展示され、店員に頼むと出してもらえる仕組みであった。

「硝子の中に飾られていて、自由に見て回れるのがいいですね」

「そういったところも売りなのだろうね」

何度か来たことがあるだろうに、雪禎は楓に合わせているのか歩調を緩め、ひとつひとつ並んで棚を見て回ってくれる。

楓は気づいていた。通り過ぎる婦人たちの目が雪禎を追っている。若い令嬢はもちろん、夫が隣にいる女性まで、雪禎を目で追っているのだ。

（お顔がとても綺麗でいらっしゃるし、身の丈が六尺もあるんですもの。皆目を奪われてしまうんだわ）

楓は心のうちで唱え、ちらっと雪禎を見上げる。偶然なのか、こちらを見ていた雪禎と視線がかち合い、心臓が飛び跳ねた。

「どうした？　楓」

「いえ、なんでも」

「皆がおまえを見ているね」

「え!?」

思わず、声をあげてしまった。

そんなに格好が悪かっただろうか。それとも雪禎の隣にいるには相応しくない面相だろうか。

慌てている楓を面白そうに見下ろし、雪禎が言った。

「どこの美しい令嬢だろう、と。宮家のお姫様じゃないかと言われているに違いない」

なんの臆面《おくめん》もなく褒めたたえる言葉を投げかけてくる雪禎。楓は真っ赤になった。

「なにを……おっしゃいます。わたしではなく雪禎様を見ているのです」

「楓は自分を知らないようだ。私は初めておまえを見た瞬間から可愛らしい、愛らしいと思っているよ。普段の飾り気のないおまえもいいけれど、今日は絶世の美女と連れ立って歩けるものだから、少し浮かれている」

すらすらと出てくる言葉に、楓は耳や首まで赤くして、うつむいた。頭から湯気が出そうである。

「実はさっきも武良少尉におまえのことを褒められてね」

雪禎の部下である武良を思い浮かべる。確かに去り際に雪禎に耳打ちしていったけれど、そんな内容だったのか。

「『あなたのような堅物が、どこでその美女を口説かれたのですか』なんて言うのだから、まいったよ」

雪禎を慕う部下たちは彼を堅物だと思っていたのか、と納得する。遊び歩くような人ではないのだ。

あらためて、自分の姿が変ではないかと着物の胸元を見下ろすと、雪禎が諭すように語りかけてくる。

「そんなに下を向いてはいけないよ。人にぶつかるし、綺麗な顔が誰にも見えない」

「雪禎様、おからかいにならないでください」

「からかってなんかいないさ。でも、おまえに横恋慕する輩が現れると嫌だからね。私がしっかり傍にいないと」

そう言って、雪禎が楓の手を取る。どきりと大きく心臓が鳴り響いた。

「ぶつからないよう、はぐれないよう。おいで、楓」

耳元で甘くささやかれ、手を引かれる。これ以上はもう抵抗も反論もできず、楓はされるがままになっていた。

それから、目当ての反物をずらりと並べ、夫婦ふたり分の単衣と薄物を二着分ずつ決めた。仕立てもデパァトで注文しようとする雪禎に、楓は自分がすべて縫うと言い張った。

「お裁縫は習ってまいりました。困ったらスエさんにも手伝ってもらいますから」

などと説明しながらも、それは令嬢なりの言い訳で、楓自身着物を一から仕立てるのは十五、六の年からやっている。

「わかった。それじゃあ、楓に任せようか。ほら、帯も買おう。かんざしも見ないと」

帯や帯締め、帯揚げに半襟と見ていくとかなりの買い物の量になった。かんざしや幅広のリボンまで買ってもらい、楓はすっかり困り果てた。申し訳ないと言うものの、雪禎はにこにこ笑って配送の手配を済ませてしまう。

「私がおまえに贈り物をしたいだけだから、どうか受け取ってほしい」

甘やかす言葉にいっそう困惑する。これほどしてもらって、恩を返すあてすらない。

一方で、雪禎の選んでくれた朱鷺色《ときいろ》の半襟に朱の色糸で梅が刺繍されたものはとても美しく、今日の買い物で一番楓の気に入ったものとなった。

「お姉様にも半襟を贈ったと先ほど」

「ああ、二年前にここに買いに来たよ。姉の子らもだいぶ大きくなって、手が離れてきたし、少しいいものをと思って」

「どんな色襟をお送りしたんですか」

「藤色に西洋の花の……なんの花か私にはわからないけれど、華やかで姉に似合いそうだと選んだんだ。随分喜んでくれてね。大仰な手紙が届いた」

雪禎から父や兄の話はあまり出ない。しかし、姉の話をしている顔は明るく、姉弟仲がよかったことを窺わせた。

「よし、それじゃあ昼餉にしよう」

上階の食堂で洋食が食べられるというのは、楓も知っていた。もちろん見たことはないし、詳細も聞いたことはない。

すでに衣類で随分散財させている。安くもないだろう洋食まで金子をかけては申し訳ない気持ちになってきた。

「お昼でしたら、戻ってわたしがお作りしますよ」

「いいんだ。せっかくおまえと出かけているのだし。そうそう、うちの近所にも有名な料理屋があるよ。文化人が集ってサロンを開いているそうだ」

「さ、さろん？」

「社交の会だよ。まあ、私たちはサロンに参加するわけでもないが、芸術の空気に触れながら食べる洋食というのも面白いかと思ってね」

そこで楓はふと思いついて尋ねた。

「もしかすると、雪禎様は洋食がお好きでいらっしゃるのですか？」

雪禎が片眉を上げ、ふっと笑う。

「実家では朝はパンと紅茶ということもたまにあったよ。夕餉に洋食が出ることもあった」

「それなら、わたしが作れるようになればいいですね！」

楓は得心がいったとばかりに声をあげた。

なるほど、雪禎は洋食に馴染みがあるのだ。それなのに、自分ときたら和食しか作れないばっかりに。雪禎が好きなものなら家で作れたほうがいいに決まっている。

「今日は洋食の勉強ですね！　励みます！」

「ううん、私としてはおまえが食べつけないものを食べさせたくて連れてきたつもりだったんだけれど……楓がやる気を出しているなら、それでもいいかなと思っているよ」

楓の張りきった様子に、雪禎が苦笑いしていた。

ちょうど午砲の鳴った正午で、食堂は混み合っていた。案内されて席に着くと、【ＭＥＮＵ】と書かれた品書きを渡される。

そこで楓は戸惑った。読み書きが不得手な楓には品書きは難読であった。もし間違っていたらどうしよう。

「難しいお料理の名前ですね。品書きを読んでもわたしには何が何やら。雪禎様にお任せします」

「ああ、わかったよ」

ちょうどいい言い訳を思いつき品書きをテーブルに戻すと、雪禎は気にも留めていない様子で頷いた。ウエイトレスを呼び止め、注文を済ませてくれる。

やがてテーブルに届いた皿にはきつね色のガサガサした俵型がふたつ並んでいた。熱そうなところを見ると揚げ物だろうか。別の皿にパンがついている。雪禎のほうは茶色の汁物が白米にかかっていた。

「コロッケとライスカレー。分けて食べよう」

ナイフとフォークを並べられたこともあり、楓が手出しできずにいるうちに、雪禎は食事を小皿に取り分けてしまった。

ちょうど半分になったライスカレーとやらを見下ろした。見た目は泥のようだが、ひとさじ口に入れて驚いた。

「か、らいです」

「はは、香辛料が効いているね。苦手かい？」

「いえ、驚きましたが……赤唐辛子をそのままかじってしまったときと比べたら、ちょうどいい辛みだと思います」

「そんな経験があるのかい、楓は」

雪禎がこらえきれないというように笑いだす。

しまった、変なことを言ってしまった。子どもの頃、薬草棚に仕分けするのにはじかれた乾燥赤唐辛子をかじったことは、今でも刺激的な思い出である。

「コロッケも食べてごらん」

コロッケという揚げ物は中身がじゃがいもをつぶして練ったもので、割合親しみのある味をしていた。ガサガサとした衣の食感が面白い。

何より、付け合わせのパンに楓は感動した。過去にパンを食べたことがあるが、硬くてぼそぼそだった。それもそのはず、縞田の家が知り合いからもらい、食べきれないと持て余した分が奉公人に回ってきただけなのだ。

「コロッケもライスカレーも家で作れますかねぇ」

あと、このパンも、と楓は手元のやわらかなパンを見下ろす。パンはなんとしても、家で作れるようになりたいものだ。

「確か作り方をまとめた本がいくつか出ている。詳しい者に聞いてみるよ」

雪禎が請け合ってくれた。

「築地で牛肉の卸売りもやっているそうだ。ビフテキなんかも家で焼けるかもしれないな」

「ビフテキ、それは滋養がつきそうですね」

「ビーフスチウも私は好きだよ」

食べたことがない牛肉を思い浮かべ、雪禎が喜んでくれるならぜひ料理したいものだと思った。

いつもにこやかで優しい夫だが、帝国陸軍の大尉である。きっと、楓の知らないところでは苦労も多いだろう。食事で和ませることができるなら、まさに楓の仕事である。畑とてそのつもりで作ったのだから、料理の腕も磨いていきたい。

「雪禎様、今日はありがとうございました。とてもいい経験ができました」

「デパァトくらいならいくらでも。今度は帝劇か市川座《いちかわざ》に行ってみようか」

そう言って優しく微笑む美貌の夫に楓は胸を高鳴らせた。

本当になんて素敵な人だろう、とため息が漏れてしまう。

親同士の決め事で嫁いできた家で、これほど大事にしてもらえるなど、思いもよらなかった。

まだ正式に身体を繋いだ夫婦ではないけれど、雪禎は自分のことをよくよく大事に想ってくれ、厚く遇してくれている。そして楓もまた、その情に応えたいと思っている。

（夫婦の形として、素敵なのではないかしら）

楓は緩む頬を押さえ、幸せを噛みしめた。

後日、雪禎は約束の西洋料理の調理手順書という本を買ってくれた。

楓はその内容をじっくり時間をかけて読み解き、謎の調理器具の数々に首を傾げつつ、洋食を作る機会を考えるのだった。

四　手習い

梅雨が来る前にやっておかなければならないことに、本の虫干しがある。

雪禎の邸宅には書庫があり、そこにはひとり住まいの将校が持つにはいささか多すぎるくらいの書物が収まっているのだ。その学者じみた部屋から、棚に立てかけられた本を居間に持ち出してくる。硝子戸を開け放ち、縁側と居間、さらに隣の大広間にずらりと書物を並べ風を通すのだ。

ありとあらゆる分野の本がある。学問書もあれば、図説の載った大判もある。西遊《さいゆう》記《き》などの読み物もあれば、ここ数年話題になった小説もある。

雪禎はどれを読んでも構わないと言っていた。興味があれば、新しい本をどんどん買い足していい、と。

「読んでいいと言われても読めないのよね」

楓は本の横にごろりと大の字になった。書物たちと並んで風を浴びる。

縁側から見える空は抜けるように青かった。五月半ば、新緑の映える美しい日だ。

今日はスエが芝のかかりつけの医者に行っているので、夕方までこの家でひとりきりである。いい機会なので虫干しを決行した。

先日デパァトで用立ててもらった反物は、雪禎の分は完成している。楓の分を二着縫い終えたら、今度はふたり分の浴衣を縫おうか検討中だ。仕事が速いと雪禎には褒めてもらった。

「雪禎様はわたしが読み書きができないと知ったらどう思われるかしら」

ふた月の花嫁修業で学んだことのほとんどは礼儀作法だ。あとは琴と舞踊を少し。洋食のマナーなどは本で習っただけで実践はなく、先日のデパァトではナイフとフォークに戦々恐々としてしまったことを思いだす。

読み書きについても本を渡され、これを毎日書き写しなさいと言われただけだった。多少は読めるものの難しい字は苦手で、書くほうはほとんど駄目である。渡された本は書き写したが、理解するまでに至らなかった。よって、身になるわけもないのである。

「もしかして、もう見透かされているのかも」

思えば、この家に来てから家事と畑仕事に精を出し、着物の仕立てもさくさくと済ませた。大店の令嬢らしく、読書に勤しんだり、刺繍を楽しんだりといった様子は見せていない。

雪禎はとっくに楓の正体を見破って、卑しい女中めを送りこんできて、と縞田家に不信の気持ちでいっぱいかもしれない。しかし、優しい夫君は楓を責めずに、女中よりいい暮らしをさせ続けてくれているのではなかろうか。

いささか考えすぎとも思われるが、雪禎が自分を妻として抱かない理由もそれであれば納得だ。嫁いでふた月、楓はいまだ乙女のままである。

「どうしましょう」

雪禎は将校であり、華族系譜。下手に女中身分の女と子をもうけては大変と、楓を遠ざけている可能性はある。

この先はどうなるだろう。まず、一番まずいのは離縁である。

縞田の実家は傾くだろうし、奉公人たちの中には解雇される者も出てくるのではなかろうか。当然楓がおめおめ戻るわけにもいかない。居場所がないならまだしも、おまえのせいだと折檻《せっかん》される恐れもある。

そして、実家の事情だけでなく、楓自身が雪禎と離縁するのは嫌だった。

優しく穏やかなたったひとりの家族。まだ一緒に暮らしてふた月だが、かけがえのない幸せな時間である。雪禎の思いやり溢れる態度、温かな言葉。それは楓が今までの人生で触れたこともないものだった。

雪禎に好かれたい。できれば、女として愛されたい。

そんな欲求が楓の心に生まれ始めていた。

「まだ遅くはないかもしれないわ。今からだって、令嬢らしく振る舞えるもの」

楓はがばっと上半身を起こした。

考えてみれば、追及の言葉や離縁について話がない以上、雪禎もまだ確証は得ていないのかもしれない。それならば、完全な縞田家の令嬢になり、雪禎の疑念を消せばいいのだ。

楓自身は間違いなく縞田家の主人の娘である。中身が伴えばいい。

少なくとも、読み書きなど最低限の素養は身につけておこう。

楓は畳に膝をついて、並べた書物をひとつひとつ点検していく。詩集と少年少女向けの読み物集がある。めくってみれば、ここに並んだ書の中では易しい内容に思われた。これを借りて毎晩読もう。

すべてが露見しないよう、この家に暮らしながら、少しでも大店の令嬢に近づけるようにしよう。楓はひそかに誓った。

「楓、今日の味噌汁もうまいな」

夕餉の席、雪禎が汁椀《しるわん》を手ににっこりと微笑んだ。相変わらずの平安な笑顔で、とても楓の出自を怪しんでいるようには見えない。

「ありがとうございます、雪禎様。生のわかめはそろそろお終いの時期なので、今日はたくさん買ってしまいました。酢の物もあります。召し上がってください」

「ああ、それはいいね。そういえば、畑にはつか大根も植えたのかい」

「はい。収穫まで早いですから。浅漬けも美味しいですし、そのままがりっとかじっても美味しいですよ」

かじる仕草をしてみたらそれが面白かったようで、雪禎がふふと笑う。

しまった。また〝らしく〟ないところを見せてしまった。

「そういえば、今日は本の虫干しをしてくれたそうだね。ありがとう。助かるよ」

たくさん並べた本は日が陰ってくる頃には元の位置に戻した。なかなかの労働だったが、書庫全体がさっぱりと空気が変わったようで心地よかった。

「雪禎様、読み物と詩集を一冊ずつ書庫からお借りしたのですが、よろしいでしょうか」

「ああ、もちろん。何を読んでもいいし、欲しい本は買い足しなさい」

「ありがとうございます。そうさせていただきますね」

微笑みながら、楓は内心焦っていた。実は、借りた読み物集を午後に少し読んでみたのだ。

（ほとんど読めなかったとは、口が裂けても言えないわ）

おそらくは十くらいの少年少女が読むだろう本は、説話ひとつ読み切るのもひと苦労。ところどころわからない字をなんだったたっけと考えたりしているうちにスエが夕餉の手伝いにやってきてしまった。

詩集も今夜開いてみるつもりだが、おそらくは似たような結果だろう。この家にある書物では自主勉強まで至らないのである。

（もっと初歩の教本が欲しいのだけれど、そんなこと、雪禎様に言えないし）

教本になるものを、どこで手に入れるかもわからないのだ。食後に洗い物をしながら楓は頭を悩ませていた。

読み書きがいつまでもできないでいるのはよくない。ごまかし続けていてもいずれ露見する。それに楓自身、物語や詩集を読めるようになったらどれだけいいかという気持ちもある。

どうにか、学ぶ機会を得たいものである。

「楓、終わったらおいで」

雪禎が居間で呼ぶ。楓は返事をし、台所を急いで片付けた。

「こちらにお座り」

「はい」

雪禎の前に座ると、優しく手を取られた。手が荒れないように、洗い物の後や風呂上がりに、雪禎が馬油やクリームを手ずから塗ってくれるのだ。

これは週に二、三度の習慣になっていて、男女の契りを交わしていないふたりにとって、唯一の触れ合いだった。

楓はいつも緊張しいしいされるがままになっている。雪禎の美しい容貌を正面から見られ、大きな男性的な手に優しく手を包まれ摩られるのは、胸が苦しくなるほどときめくひとときだった。このまま寝所に誘われたらどうしようといつも考えるのだが、残念ながらそんな誘いはいまだに一度もない。

「今度は後ろを向いてごらん」

言われた通りに後ろを振り向く。普段にない指示になんだろうと緊張していると、雪禎が楓の髪を結う紐《ひも》を解いた。

「雪禎様?」

「いい子にしておいで」

そう言って雪禎は楓の髪を櫛《くし》で梳き始めた。クリームと一緒に櫛も用意してきたようだ。

「この前出かけたときの束髪が可愛らしかったからね」

すいすいと楓の髪を三つ編みにしていく。そのまま編んだ髪をくるりと輪にして首のところで結わえ直してくれる。器用な手前に楓が驚いてしまった。

「マガレイトは上に段をつけてふたつばかりリボンをつけるんだったかな。今日は真似事で勘弁しておくれ」

手鏡を渡され、角度を変えて髪の毛を見れば、可愛らしい仕上がりだ。

「雪禎様、お上手ですね。わたし、この前はスエさんに任せきりでした」

「子どもの頃、姉がスエに結ってもらうのを見ていたからね。私もスエ仕込みだよ。あと、手先は器用なんだ」

どこか得意げに微笑む雪禎に、尊敬の眼差しを向ける楓である。束髪を可愛いと思ってくれているなら、自分でできるようになろう。そして、毎日結おう。

「そういえば、楓は右の首筋の後ろにほくろがあるね。自分で気づいているかい？」

「ええと、ここいらあたりでしょうか」

楓は自分の首筋をとんとんと叩く。

「自分ではなかなか見られる場所ではないのですが、子どもの頃、よく姉につつかれました。楓は後ろに目があるよって」

「子どもの頃からあるんだね」

「はい。自分で見るのは、それこそ髪型を確認するときくらいでした」

子ども時代、楓と姉の巻はほとんど下働きの下女の扱いだったので、髪はちご髷にしてもらうこともなく、切りっぱなしのおかっぱ。成長してもひとつに結わえたきりの頭で、髪の毛を確認するなどこの嫁入りまでなかった。つまりほくろも、自分で見たのはつい最近であるが、それは言わないでおく。

「そうか、なるほど」

雪禎はうんうんと頷いた。どこか満足そうな顔をしているので、楓はよほど髪の毛をいじるのがうまくいったのだわと思った。そして、やはり自分の扱いは愛玩動物のようなものなのだろうと考える。身づくろいをしてもらい、お腹いっぱい食べられる毎日。まさに子犬か子猫のようなもの。

妻として見られていないのは少々残念だが、こうして雪禎に愛情をかけてもらえるのは幸せである。今さらこの幸せな時間を失えない。そのためには、やはり令嬢になりきらねばならないと楓は強く思った。

翌日、朝の家事を終え、野良着を着て畑作業まで済ませる。午前のお茶をスエが淹《い》れてくれたので、縁側に並んで飲むことにした。夏場も台所の隅に長火鉢をひとつ置いておくので、お湯はいつも沸かしてあり温かなお茶が飲めるのである。

「教本でございますか？」

「そ、そうなんです」

スエが目をぱちくりと見開き、楓は必死に取り繕って説明する。

「家庭教師に習っていたのですが、どうも基礎の基礎が悪いような気がしまして。せっかく自由な時間も多くありますし、子どもの勉強からやり直そうかと思っているんです」

「それで初歩の教本が欲しい、と」

楓なりに考えた言い訳である。読み書きができないから、尋常小学校の教本が欲しいとはとても言えない。そこで、あくまで学識を高めるために、今までの学習を復習したいと主張するのである。

「教本。ええ」

そう言ったきり、スエはしばし考えるふうに黙っていた。それからぱっと顔を上げた。

「承知しました。スエにお任せください。本当に初歩の初歩といった教本をご用意します。お帳面と鉛筆もご準備しましょう」

「ありがとうございます、スエさん。助かります」

「ほんの二、三日お待ちください」

スエの屈託ない返事に、楓はほうっと胸を撫で下ろした。よかった。怪しまれてはいないようだ。

数日後、昼頃に雪禎の邸宅に作典が書物を運んできた。丸卓まで運ばれた教本は、結構な量である。

「作典さん、ありがとうございます」

「いえいえ、奥様。いろいろありますから、見てくださいね」

運搬係の作典に礼を言うと、スエがお茶を出してやる。楓は荷物の内容を一冊一冊確認していった。

学生向けの教本は高等師範学校で使われていそうなもので、新品である。正直、困った。これはおそらく理解どころか読めもしない。

さらには子ども向けの読み物集が数冊あるが、かなの読み書きや簡単な漢字の辞書などはここにない。かすかに落胆するが、あらためてどう頼めばいいのかわからず、楓は教科書を見下ろし黙った。

すると作典が、めりんすの風呂敷を別に差し出してきた。

「奥様。こちらもどうぞ」

開くとそこには『國語讀本　尋常小学校用』と題された古い教本が入っていた。まさに楓の望むものである。

「俺が使っていたものです。雪禎様も子どもの頃、同じものをお使いでしたよ」

教本の下からは使い込まれた漢字辞典も出てきた。これも作典の私物だろう。

「簡単すぎるかと思いましたけれど、初歩の御本を奥様がご実家からお持ちでないなら、あったほうが便利でしょう。母に用意しろと言われたときは、ちょいと探しましたけれどね」

まさに楓の欲していたものであるのだが、同時に背筋が冷えるのを感じた。

スエは気づいているのかもしれない。楓が読み書きをできないことを。

わかった上で、自然に見えるように用意してくれている。

読み書きができないという事実から、いきなり楓の出自を当てることはないだろう。

しかし、これを雪禎に報告されたらどうだろう。雪禎は楓の経歴を詳細に調べるだろう。自分の迂闊《うかつ》な要求で、せっかくの結婚生活が破綻するかもしれない。

なんと言い訳をしよう。不自然でない言葉を選ばなければ。

「奥様、お勉強は雪禎様には内緒にしましょう」

突如、スエがはっきりと言いきった。

「黙っているうちに字が綺麗になっているなんて素敵じゃありませんか。作典、おまえも、奥様のお勉強について余計なことを言うんじゃないよ」

ちらっと見れば、うんうんと頷いて作典が答えた。

「言いませんよ。雪禎様の知らない奥様のことを、俺の口から言えないでしょう」

「……奥様、そういうことですので、ご自由にやってくださいましね。スエのことは気にしなくて大丈夫でございますから」

「ええ、ええ、ありがとうございます」

楓はスエの心遣いに涙ぐみそうになった。必死にこらえて飲み込む。

一緒に過ごす時間の長いスエは、もう気づいているのかもしれない。妙に手慣れた家事や畑仕事。読み書きへの不安感。楓を疑いながら、暗に言っている。

『雪禎様には言わない』

少なくともこの瞬間、楓の味方でいようとしてくれている。そのことが、涙が出るほど嬉しかった。

教本の下から花と少女の絵柄の帳面を取り出し、作典が見せてくる。

「お帳面もどっさりありますからね。ノオトブックと読むんですかね、これは。可愛い柄でしょう」

「ええ、本当。ありがとう、スエさん、作典さん」

スエがお茶の準備をしながら微笑んでいて、楓は何度も何度も頷いて礼を言った。


思えば、子どもの頃は毎日忙しかった。朝から晩まで働き詰めで、失敗すれば日に二回の食事は容赦なく取り上げられた。着物は女中やその娘のおさがりの肩を上げて、腰を折って着ていた。仕立て直す余裕と技術ができたのは十二、三になってからだ。

それでも女中頭にはいくらか別に手間賃が与えられていたと見え、楓と巻はひどくいじめられることもなく、やることをやれば衣食住が保障されていた。

ひたすらに働き続けて幼少期を過ごした楓に、小学校は夢の場所だった。毎日行ったっていいと言われていても、目の前には仕事が山積みで、巻と手分けしても一年のうちの半分以下しか通えない。行ったら行ったで、肩身の狭い思いもした。

日本橋の小学校にはいろんな子どもが集っていた。大店のお嬢さん、素封家《そほうか》の子息、そして下町の子どもたち。楓のようにろくに通えない子らもいたが、弁当すら持ってこられない楓や巻は、その中でも格別身分が低かった。

襟も洗ってもらえないのか、髪も結ってもらえないのか、足袋は汚れて接ぎだらけじゃないかと馬鹿にされたけれど、それでも学びの場は楓の幸福だった。家事から離れ、新しいことを勉強できる。教師の面白い話を聞ける。そこに、お金持ちも貧乏人もない。

学問は自由なのだ。幼い楓はそう思った。しかし忙しさに紛れ、また徐々に女中らしい仕事も任せられるようになっていった楓は、六年制の学校に通いきれなかった。最後の一年はほとんど顔も出せず、行ったとしても授業にはとっくについていけない。楓はそれでいいと思った。幼い日の向学心を、労働は簡単に奪ってしまった。

十八になって、新たに教本を開き、夢中で字を学ぶ日々がやってこようとは。

楓は毎日帳面いっぱいに字を勉強した。一冊二冊と、帳面はあっという間になくなっていく。スエがたくさん用意してくれたものでも足りず、古紙にもたくさん書きつけた。読み書きが徐々に思いだされてくると、簡単な読み物は読めるようになる。出てきた漢字を調べ、それも帳面に延々練習した。

家事と畑仕事の合間、寝る前に黙々と勉強をする。

『お気になさらないでくださいませ』とスエが言うので、スエがお茶を飲んで休んでいる横でも居間の丸卓に帳面を広げて勉強した。

開き直ったわけではないが、スエはおそらくいろいろなことを察している。雪禎には秘匿し、答え合わせもしてこないスエに甘える格好で、楓は一生懸命勉強をした。

いっぱいになった帳面の束、古紙の束は努力の結晶。居室の文机に積めば、誇らしい気持ちになったのだった。

練習を始めて半月、五月末のことだった。少し蒸し暑い夜である。夏には遠いけれど梅雨の気配を感じる日で、昼間の雨が上がったら風がなく湿度ばかりが高くなった。

楓は障子を開け、中廊下の硝子戸も薄く開けた。外の風が欲しかったのだ。あまり心地よく吹き込んではくれないが、多少室温が下がったように思われる。

雪禎に就寝の挨拶をした後、自室で勉強をするのが最近の習慣だ。楓は文机に道具を一式そろえた。帳面と詩集を取り出す。練習に詩集を読みながら、書き写すのだ。

電灯は各部屋についているが、虫が入ってきそうなので、ランプに灯りをともす。

すると、家の奥側の襖から声が聞こえた。

「楓、起きているか?」

「雪禎様?」

楓は驚いた。夜に訪ねてこられることはない。何か緊急の用事だろうか。

「暑くて喉が渇いたものだから、お茶を淹れたんだ。おまえも来ないかい?」

長火鉢の火は落としてしまったけれど、まだ鉄瓶のお湯は温かいだろう。しかし、雪禎自らお茶を淹れていたとは、物音も気づかなかった。

「い、今参ります!」

慌てて、文机の上の帳面を片付けようとする。急いだせいか膝が当たり、文机の下に積んであった教本や子ども向けの読み物集、そして帳面や古紙がなだれのように崩れた。軽い古紙は滑るように畳を移動し、部屋のあちこちに散らばってしまった。

「ああっ!」

「どうした?」

思わず声をあげてしまったのが悪かった。雪禎が襖を開けたのだ。

楓はいっそう焦った。自分の手習いの数々を披露するわけにはいかない。こんな幼児のような書きつけを見られて、なんと言い訳すればいいのかわからない。こんな字の読み書きができないことから、芋づる式に自身の出自を知られてしまう。そうなれば、恐れている離縁は目の前。

見られる前に紙を拾い集めようと畳の上で膝をついたが、よほど焦っていたのか浴衣の袂《たもと》を踏んで前のめりになってしまった。

「楓!」

勢いよく畳に転がってしまった。気づけば、仰向けの楓の上に雪禎が四肢をついて覆いかぶさる格好になっていた。楓を救出しようとしたのだろう。

間近にある綺麗な夫の顔。楓をまっすぐに見下ろしている。

ランプのほのかな灯り。窓からわずかに流れ込んでくる湿度を含んだ夜気。蛙《かえる》の声と、オケラの音。

雪禎の香りがする。

「ゆきさだ……さま……」

涼やかな瞳に自分が映っている。その瞳が普段とわずかに違うのは気のせいだろうか。

「申し訳ありませ……」

雪禎が楓の顔の横に肘をついた。その分、顔と顔、身体と身体が近づく。

音が聞こえるのでは、というくらいに心臓が鳴り響いた。そして、耳には雪禎の吐息が聞こえる。

「おまえは、……本当に……」

雪禎がささやくように言い、その右手の親指が楓の下唇を撫でた。何を求められているのだろう。夫の目に見える光が妖しげで艶やかで、そして恐ろしいほど美しく、楓は一瞬目がくらみそうになった。

欲しがってもらえているのだろうか。それなら……。

楓が雪禎の名を呼ぼうとしたときだ。夫はすっと身体を起こした。

「そそっかしいな。大丈夫か?」

そう言って微笑む雪禎はいつもの優しい夫の顔に戻っていた。

拍子抜けというか、なんというか。楓は身体を起こし、まだ忙しく鳴り響く心臓を押さえ、コクコクと頷いた。

「申し訳ありませんでした」

「痛いところはないか? ……ん、これは」

雪禎が手に当たった古紙の一枚を取り上げ、楓は声にならない悲鳴を上げた。

「雪禎様! それは!」

「かなの練習?」

どうしよう、なんと説明しよう。読み書きができないと素直に暴露もできない。迷っていると、雪禎が明るい表情になる。

「字の練習とは感心だ。そっちの帳面は詩歌の写しかい？　なるほど、何度も書くのが一番の練習だものね」

「へ？」

「かなや漢字の練習をしていたんだろう？　こんな子どもの字から練習するなんて熱心だ」

雪禎は楓が単純に練習をしていると思ったようだ。まさか読み書きができなくて、一からさらっているとは思わないのだろう。楓はありがたい勘違いに猛然と頷いた。

「あ、あまり字が綺麗ではないので……今一度練習をと思いまして……」

「楓は努力家なんだな」

よしよしと頭を撫でてくれる。楓は安堵《あんど》から目尻に涙が浮かんでいた。

「わからないところは私に聞いてくれ。算術なんかは得意だからね」

「さ、算術ですか」

「不得意かい？　それなら一から仕込んだっていい」

そう言って雪禎がすっくと立ち上がった。楓の手を取り、ひっぱり上げるように起こしてくれる。

「ほら、お茶が冷めてしまう。飲みに行こう」

そう言って、雪禎は楓の手を引いて歩きだした。

よかったと思う一方で、楓の脳裏には先ほどの雪禎のことが思いだされていた。

畳の上で覆いかぶさる格好になった雪禎は、普段と違っていた。

目の色も声音も、まるで別の男性のよう。なまめかしくて、美しくて、引き込まれてしまいそうな魅力を感じた。

そして自意識過剰でなければ、雪禎の目に一瞬よぎった感情は〝欲〟。

(もしかして、ほんの少しはわたしのことを女として見ていらっしゃるのかしら)

聞けない言葉に胸を熱くしながら、楓は繋いだ手にわずかに力を入れた。

廊下が暗くてよかった、と手を繋ぐ幸せに微笑み、ふたりで飲む夜のお茶が嬉しいと思った。

五　大事なひと

楓自慢の畑に実ったはつか大根は、梅雨の晴れ間に収穫時期を迎えていた。本来は三月と十月に種蒔《たねま》きをするのが育ちやすいそうだが、五月の頭に植えた苗は立派に食べられる大きさに育った。

ひとつひとつ抜いていくと、紫がかった赤い小さな蕪《かぶ》が出てくる。その可愛らしい姿に楓はうふふと笑い声を漏らした。かなり収穫できるから、半分は漬物にしよう。

「雪禎様、ご覧になってください。ほら、美味しそう」

休日の縁側では、雪禎があぐらをかいて読書をしている。家にいるだけのせいか、今日は着流し姿でのんびりしている様子だ。時折、顔を上げて楓の畑仕事を眺めていた。

「このままかじってみるんだったかな」

雪禎が楓の掌中にある泥だらけのはつか大根に手を伸ばす。咄嗟《とっさ》にぱっと隠してから、それが雪禎なりの冗談だったとわかった。

「洗ってからにいたしましょう。お昼に味噌と一緒にお出しします」

「ああ。楽しみにしているよ。……ところで、楓。急なんだが、来週末に私の姉が上京することになった」

「お姉様が？」

雪禎の姉は京都に嫁いだと聞いている。

「先日、岩津の父が調子を崩してね。それが心配だから、見舞いに来ると」

「え？　そうだったんですか!?」

雪禎の姉の来訪より、岩津子爵の体調不良のほうがゆゆしき事態である。一度も雪禎からは聞いていないし、岩津の家を見舞ったような話もない。

「父ももう六十代半ばだしね。姉も心配なんだろう」

「あの、お義父様のご体調は」

「ちょっとした風邪だそうだ。たいしたこともないよ」

岩津家の実家について、雪禎は寡黙である。嫁に来てから、ただの一度も岩津本家に赴いたことはないし、雪禎の家族に会ったのは祝言のときだけだ。

しかし、そういったことを口にしていいのかわからず、楓は黙っていた。

「実家に泊まるそうだが、昼頃にうちに顔を見せるという。楓、悪いが昼餉の準備を頼みたい」

「承知しました。お任せください！」

面と向かって頼られるのは初めてだ。楓は張りきって返事をする。

「お義姉様のお好きなものはなんですか？　作ります！」

「そうだな。甘いものが好きだったと思う。スエに聞くともっと詳しくわかると思うよ」

初めての来客、初めてのもてなし。

もともと、縞田の実家は来客が多かった。買い物客という意味でなく、父のお客が一階の客間で宴会をすることが年中あった。

しかし、雪禎に嫁入りして以来一度も来客がない。静かな暮らしもいいが、たまにこうしたことがあれば張り合いになるというものだ。

「何を作ろうかしら」

「その前に泥を落としておいで」

すっかり夢中の楓を、雪禎が楽しそうに見ていた。


一週間、楓は屋敷の隅々までを掃除した。

雪禎の邸宅は広いが日々楓とスエが丁寧に掃除をしているため、神経質に磨き上げるようなところはない。それでも玄関や縁側の板敷の部分はおからの入ったさらし袋で拭いた後、丁寧に水拭きをした。

客間や大広間、居間の畳は楓が嫁いでくる少し前に張り替えたそうで、乾拭きで充分に綺麗になった。

雪禎の姉が来訪予定の前日、楓は台所にずらりと材料を並べた。

「煮物に、香の物、準備は万端でございますね」

「炊き込みごはんは明日の朝に。縞田の実家で人が来るときに食べていたものを作るつもりです」

「それは楽しみですこと」

「……では、スエさん始めましょう」

ふたりの前には籠に入った卵の山。それに小麦粉と砂糖に水あめ、菜種油に瓶に入った牛乳もある。これから楓はカステラを作るのである。

「佐千代様は確かにカステラがお好きでしたけれど、召し上がっていたのは菓子屋で買ったものです。家で作れますかねえ」

スエが心配そうに楓の手の中の調理手順書を覗き込む。雪禎が買ってくれた本である。

今までは解読に時間がかかり、作るまでに至らなかったが、現在は手順書に書かれている内容はあらかたわかるようになった。

「この手順書通りに作れば完成するはずです。石窯がないので、今日は蒸し器で蒸してみましょう。ひと晩置くと味が馴染むそうです」

カステラ自体は江戸時代からある食べ物で、近年は庶民でも手に入りやすい菓子だ。楓ももらい物を一、二度口にしたことがある。しっとりと甘くザラメの部分が香ばしかった。

そんなカステラは、個人の家で作るには難しいものである。

「では、まずは卵の黄身と白身を分別していきましょう」

こうしてふたりはカステラ作りに取りかかった。

すりこぎで生地を練り、砂糖や水あめも入れ、人肌程度に温めた牛乳も注ぐ。菜箸で泡立てた白身の泡をつぶさないように混ぜる。木製の型ふたつにそれぞれ流し入れ、蒸し器へ入れた。

糖分がたっぷり入っているので、きっと甘くて美味しいカステラができるに違いない。

蒸し上がるまでに片付けを済ませようと、器具を井戸端に運んだ。量が少なければ、台所の水甕と洗い桶で食器が洗えるが、お菓子作りにいろいろと器具を使ったのだ。

井戸端に屈み込み、スエと並んで洗い物を始めた。

「スエさん、佐千代様はどんな方なのですか？」

尋ねるとスエが嬉しそうに答える。

「とてもお優しい方ですよ。頭もよろしくて、旦那様はいつも佐千代様に『男であったら、次の岩津子爵はおまえだった』とおっしゃったものです」

我がことのように得意げに語るスエ。おそらく彼女にとっても佐千代は娘や妹のように愛しい存在なのだろう。

「お母様が雪禎様を産み落として、そのまま亡くなられましてね。そのときもまだ十二歳でいらっしゃいましたが、涙をこらえて、産まれたばかりの雪禎様を抱いて『私がこの子の〝おたあさん〟にならないといけないわ』とおっしゃいましたっけ。実際、嫁がれるまでの六年間、雪禎様のたったひとりの味方が佐千代様でした」

「たったひとりの……」

楓が反芻《はんすう》する言葉に、スエは喋りすぎたと思ったようだ。

「上の方の噂話などしてはいけませんね。とにもかくにもお会いになってくださいませ。本当に心映えの素晴らしい方でいらっしゃいます。奥様もきっと、佐千代様を好きになりますず」

　さて、そろそろカステラが蒸し上がる。ふたりは期待に胸を高鳴らせながら、台所に戻り蒸し器を開けた。もうもうと水蒸気が上がり、湯気の向こうにきつね色のカステラが……。

「あれ？」

「おやま」

　ふたりは思わず声を上げた。カステラは想像より膨らんでいなかった。石窯で焼いていないこともあり、卵の黄色が前面に出ている。しかし、一番はふっくらと膨らんでいないのだ。べたりと重たそうな生地にふたりは顔を見合わせた。

「これは……」

「スエさん、味見をしてみましょう」

「いいんですか？」

「どちらにしろ、味見をしていないものをお出しできませんもの」

　片方の木型を取り出し、中身をどうにかまな板に取り出した。包丁を当てて切ると、生地に火は通っている様子だが、やわらかすぎてぺしゃっとつぶれてしまった。

　なんとも不格好な切り身状のカステラを楓とスエは口に運んだ。

「あひ、あふい」

はふはふと熱さに耐えながら噛み、飲み込み、ふたりはもう一度顔を見合わせた。

「味はとても美味しゅうございますよ。甘くていい香りで」

スエが先に励ましの言葉を口にしたので、結果はわかりやすかった。楓も思っていた。味は美味しい。しかし、記憶に残っているカステラとは違う。

「蒸し饅頭にしても、もう少し軽やかな味になるかと思っていたんですが……」

「奥様、この白身を泡立てるという工程が足りなかったのかもしれませんよ」

反省検討を兼ねてもう少しずつ切り取って食べる。やはり、美味しいがこれではないという感覚である。

切り分けていないもう一台のカステラも同じ仕上がりのはずだ。どうすべきか。材料はまだあるので作り直そうか。それも同じ仕上がりになったらどうしよう。やはり石窯がいるのだろうか。

「スエさん、佐千代様は甘いものはなんでもお好きですか?」

「ええ、お饅頭でもアイスクリームでもお好きでしたよ」

「……わかりました」

楓はあらためて腕まくりをし、まだたくさんある卵を見つめた。

「それで錦玉子を作ったのかい」

夕餉の席、雪禎の前には冷めていっそうしぼんでしまった蒸しカステラが、他の料理に交じって並んでいる。

楓は出来上がった錦玉子を雪禎の前に置いた。上が黄身、下が白身の甘い卵の蒸し物は正月料理のひとつだ。

「自信のある甘味が錦玉子でした。卵の裏ごしが結構手間なので、お節作りのときは、力のあるわたしが錦玉子を作る役割だったんです」

「正月の御勝手仕事に交じっていたのかい？　なるほど、楓が得意というだけあるよ。とても美味しい」

雪禎は箸で錦玉子をひとつつまみ、もぐもぐと咀嚼《そしゃく》して感想をくれた。さらにカステラの欠片も箸でつまみ、口へ運ぶ。

「難しいですね。調理手順に従えばできるかと思ったのですが、これほど想像と違う品ができるとは思わなくて。スエさんと顔を見合わせてしまいました」

「いや、これはこれでうまい。確かにカステラじゃないかもしれないけれど、ずっしりと重量感があって、甘くていい。また作ってほしいな」

「本当はしっとりと軽やかに出来上がるはずだったのです。……精進いたします」

楓はしおしおと背を丸めた。できれば見事完成といったカステラを賞味してほしかった。無念である。

「うまいと思うがなぁ」

雪禎は不出来なカステラでも褒めてくれる。少なくとも錦玉子が上出来なのだから、今回はよしとしよう。あとは明日の朝の準備を経て来客を迎えるばかりだ。

「姉に会うのは私も久しぶりだよ。大事な姉でね。楓が仲良くしてくれたら嬉しい」

雪禎がしみじみと言い、楓は力強く「はい」と返事をした。精一杯もてなして、喜んでもらいたい。いい嫁が来てくれたと思われたい。

「明日はおもてなしを頑張ります！」

楓は元気に宣言した。

翌日、昼より少し前に人力車に乗って佐千代は到着した。

門扉まで迎えに出たのは雪禎で、楓は玄関の上がり框《がまち》に正座し出迎えた。

「初めまして、楓と申します」

「ごめんくださいい。佐千代と申します。雪禎の姉です」

顔を上げて見た佐千代は、すらりと背が高かった。一般的な男性よりずっと高いだろう。

考えてみれば、雪禎も高身長である。岩津子爵もがっしりしていたし、岩津家は高身長の家系なのかもしれないと楓は思った。

そして、佐千代の目鼻立ちはきりりと美しかった。雪禎によく似ているが、もう少し彫りが深く、どちらかといえば佐千代のほうが男性的な顔立ちと言えるかもしれない。四十路を越えているはずだが、十も若々しく見えた。

「ようこそ、おいでくださいました。どうぞ、奥へ」

楓の案内で、佐千代が大広間へやってくる。

ここは祝言を挙げた部屋で、大人数が入れる。伴も連れずにひとりで来た佐千代だが、居間や客間ではなく来客用のこちらの広間に入ってもらった。日当たりもよく、庭も眺められるので、もてなしにちょうどいいのだ。隅々までぴかぴかに磨き上げた広間。床の間には楓が活けた花もある。

大きな一枚板の机に、今日のもてなし料理の数々を並べておいた。

「まあ、これは大ご馳走《ちそう》だわ」

佐千代が感嘆の声をあげる。

「楓さん、たいそうなお気遣いをありがとう」

「いえ、お口に合えばいいのですが」

そこへ台所でお茶の準備をしていたスエがようやく入ってきた。

「佐千代様！」

「スエ～！」

楓がスエから茶器一式を受け取ると、スエと佐千代が少女のように手を取り合った。今にもその場で跳ねだしてしまいそうなほど、笑顔で再会を喜んでいる。

微笑ましい光景に、楓も思わず頬を緩めた。会話に花が咲きそうなふたりに、後から広間に入ってきた雪禎が言った。

「姉さん、あなたは招待客なんですから、席に着いて」

「あら、ごめんなさい」

佐千代は屈託なく言い、案内された席に座ったのだった。


食事会は楽しく進んだ。

楓の作った料理を佐千代はすいすい食べて、どれも丁寧に感想を言った。失敗したカステラは楓とスエのおやつになってしまったが、代わりに出した自慢の錦玉子を佐千代は嬉しそうに食べてくれた。

「楓さんは料理上手ねえ。同じ年の頃、私はこれほど作れなかったわ」

佐千代が感心し、スエが自慢げに答える。

「そうなんですよ。奥様は本当に何をなさっても完璧なんです」

「スエが先に褒めてしまうから、私が褒める隙がなくなってしまうよ」

雪禎が苦笑いし、楓はひたすらに照れてしまう。

「雪禎はいいお嫁さんに来てもらえたわ。いつまでも仕事仕事で、お国大事の将校様をしているもんだから、私もいい加減心配してたのよ。楓さん、雪禎に至らないところがあったら、すぐに私に言いつけるんですよ」

冗談めかして言う佐千代に、楓は真剣に答える。

「雪禎様はいつもお優しく、お心遣いが細やかです。至らないところなど。むしろ、わたしのほうが」

「楓はよくやってくれているよ。私には過ぎた嫁だ」

そう言って雪禎が目を細めて見つめてくる。視線を逸らすわけにもいかず、雪禎をじっと見つめ返すけれど、自身の頬がどんどん熱くなっていくのを感じる。なんの臆面もなく褒めるのだから困ってしまう。

見つめ合う新婚夫婦に、佐千代が「あら、仲睦まじいこと」と楽しそうに笑った。

食事を済ませ、お茶を飲みながら佐千代と雪禎は様々な話をしていた。

最初は父親の岩津子爵のこと、兄弟の兼禎のこと。それから、佐千代の家の話。さらに世間の情勢の話。

「うちの連隊がすぐに戦場に行くということはありませんよ」

「そう？　いつ雪禎が駆り出されるのかとこちらはヒヤヒヤしているのに」

「戦場は欧羅巴ですからね。しかし、上の方々は大陸の利権を狙って、しゃしゃり出る機会を窺っているでしょうね」

楓はスエの片付けを手伝いながら、たまに話に交じるものの、軍部の動きや社会情勢についてはほとんど聞いていてもわからない。ただ、雪禎が戦地に行かされるようなことがなければいいと願うだけだ。

そのときである。

「あた、あたたた」

台所で声があがった。スエの声に、楓は弾かれたように顔を上げた。雪禎も、佐千代も台所のほうを見やる。

楓はすぐさま台所に飛んでいく。すると、四つ這《ば》いの姿勢で身動きが取れなくなっているスエがいた。

「スエさん!?」

「あいたた、腰が。急にぐつんと」

どうも様子を見るに、ぎっくり腰のようだ。縞田の番頭が以前やったのを見たことがある。やはり身動きが取れなくなっていた。

「どうした、スエ」

「スエ、大丈夫!?」

雪禎と佐千代も遅れて台所に駆けつけた。

それからが大変だった。作典に岩津家から車を持ってこさせ、スエを自宅まで運び、医者に往診してもらうことになったのだ。雪禎と作典がやるというので、楓は留守番をすることになった。

「せっかく佐千代様と会えたのに。話し足りません」とスエは腰の痛みより何より悔しい気持ちでいっぱいのようだった。

がらんとした邸宅に楓は佐千代と残された。スエを心配しつつも佐千代へのもてなしを思いだす。

「佐千代様、お茶をもう一杯いかがですか？」

「ええ、それじゃあもらおうかしら」

ふたりは広間に戻り、あらためて腰を落ち着けた。佐千代がふふと笑う。

「スエは張りきってしまうから。私が女学生時代にも一度ぎっくり腰をやってるの。心配いらないわよ」

不安そうにしている楓が気にかかったのだろう。楓は首を横に振った。

「腰が痛いと知っておりましたのに。わたしがもっと負担を減らしてあげられればよかったのです」

「楓さんは大店のお嬢さんらしくないことを言うのね。岩津の家じゃ、義母も兼禎の奥方も優雅に楽しくしているでしょう。楓さんだって、もう少し女中を増やして気楽に暮らしてもいいと思うのよ」

楓は短く「いえ」と答えたきり黙った。下手なことを言って、佐千代に育ちを疑われてはいけないと思ったのだ。

「……まあ、私も家事一切をやっているから、あまり人のことは言えないのだけれど」

「佐千代様の御宅は、女中はいないのですか」

「いるけれど、スエより年上よ。高齢の義母の面倒を見てもらうことが多くて、その分、私が家事を切り盛りしてるの。私は岩津の分家筋に嫁いだんだけどね。公家上がりで名士ぶっているけれど見事にお金のない家で、嫁いだ頃はちょっと大変だったのよ」

佐千代は明るく言う。

「でも、私は夫がいい人で幸いだったわ。『金もないのに、過去の血にすがって偉そうに振る舞うのは我慢ならない』って平気で言う人でね。会社を興して今も毎日あくせく働いてるわ。岩津の家に比べたら裕福じゃないし、父は『岩津の血筋の人間がしみったれた商売をするな』と文句を言うけれど、私も夫も全然平気なの」

「そうだったんですね。佐千代様は粋で格好いいなあと思っておりましたが……」

そこまで言って、女性に対して使っていい言葉かわからず止まってしまう。佐千代がふふ、と微笑み、言った。

「格好いいと言ってもらえたら嬉しいわ。見目じゃなくてね。頑張って生きてる人間は誰しも格好いいもの」

佐千代に感じていた気風のよさや親しみやすさは、そうした日々の庶民的な苦労や、夫婦の情愛からきているものだったのかもしれない。

「親の決めた結婚だったけれど、私は恋愛結婚だったと思ってる。……楓さんにとって雪禎がそういった相手であればいいけれど」

「雪禎様は、わたしのような至らぬ妻に、いつも優しくしてくださいます。本当にわたしにはもったいないほどの方です」

「聞いているかもしれないけれど、雪禎はあれで結構孤独なの」

佐千代が片眉をひそめて、困ったように笑った。

「あの子のお産で私たちの母は亡くなっていてね。兼禎はそれを恨みに思って、子どもの頃から雪禎につらく当たってきたのよ。雪禎は黙って耐えていたようだけれど、私が嫁いでから随分寂しい思いをしたのだと思う」

スエが言っていたことを思いだす。雪禎のたったひとりの味方が佐千代だったというのはそういう意味だったのか。しかし雪禎になんの咎があろうか。

「跡継ぎの兼禎と不仲なものだから、父もだんだん兼禎を贔屓するようになってね。数年ぶりに私が上京したときには、雪禎は冷たい表情をした人形のような子どもになってしまっていた。陸幼学校に入ると言ったのも、岩津の家から出たかったのでしょう」

佐千代は目を伏せ、静かに言った。それから楓を見やり笑顔を作る。

「陸軍では大尉殿で、それなりに大人のふりをしているんでしょうが、私にとってはいまだに心配な弟。楓さん、あの子のことを頼みますね」

楓はあらためて、三つ指をつき佐千代に向かってお辞儀をした。

「誠心誠意お仕えさせていただきます」

雪禎を大事に想う佐千代のためにも、安心する言葉を返したかった。


やがて、雪禎と作典が屋敷に戻ってきた。

すでに午後も遅い時刻。作典が伴をし、人力車で佐千代は岩津家に帰っていった。明日には汽車で西へ帰るとのことである。

「雪禎様、佐千代様に贈り物をされたのですか？」

「まあ、少し小間物をね」

帰り際に雪禎が佐千代に包みを渡しているのが見えた。

おそらくはもっと早い段階で渡すつもりだったのだろうが、予想外の出来事で帰り際になってしまったようだ。

がらんとしてしまった家にふたり、広間の片付けをする。雪禎には座っていてほしいと頼んだのだが、一緒にやると言って聞かないので手伝ってもらうことにした。

「姉はからっと明るいが実は苦労していてね。嫁いだ親戚が父の想像より困窮していて。義兄が気概のある人で食品加工の商いを始めたんだが、軌道に乗るまでは姉も産まれたての娘を背負って必死に働いていたよ」

「岩津家のお嬢様には大変でいらっしゃいましたね」

「しかし、まあ見ての通りああいう人だから、苦労も面白がっていたよ。夫婦仲もよくてね。父なんかは義兄が言うことを聞かないもんだから文句を言うが、私は姉夫婦が好きだよ」

雪禎は布巾で机を拭き上げ、顔を上げた。

「おまえも察しているだろうが、私は父と兄といい関係にない。というより、兄に徹底的に嫌われている」

深刻な話のはずなのに、どこか面白そうに笑って雪禎は言う。座布団を片付けながら、楓はどう返したらいいかわからず困惑した。

「スエあたりから聞いているかい？　私のお産で母が亡くなり、兄は私のせいだと恨んでいるんだ」

「……あの……でもそれは雪禎様のせいではございません。誰にも選べぬ運命というものではないでしょうか」

「もっともだ。しかし、本人の中でそうと決まればそうなのだろう。兄もまだ五歳だった。大方、泣く兄を可哀想がって女中の誰かが言ったのさ。奥様は雪禎様をお産みにならなければまだまだ長生きできたのに、と」

上流の家庭では、子どもの数だけ乳母や女中が専属でつくこともある。身近の女中がそんなふうに言い習わしたら、幼い子どもは簡単に信じてしまうだろう。女中とて哀れに思って言っただけでも、子どもには歪《ゆが》みになる。

「だからね、私は岩津の家ではとうにいらない存在なんだよ。この屋敷は捨扶持みたいなもの。あとは好き勝手にやれということさ。幸い、軍人として身を立てる機会を得たからおまえと暮らしてはいけるがね」

雪禎は布巾を畳み直し、正座の姿勢で楓を見つめた。困ったように微笑んでいる。

「がっかりしたかい？　嫁いだのが、華族とは名ばかりの男で」

座布団をしまい終えていた楓は雪禎の元につかつかと歩み寄り、その正面にちょこんと正座した。

まっすぐに夫を見つめる。胸の奥から溢れてくる気持ちを伝えたい。

「がっかりなんていたしません。岩津のお家のことはわたしには関係ございません。

わたしが嫁いだのは雪禎様です」

「でもね、もしもの話で聞いてくれ。おまえの親父さん、縞田の主人は、岩津の家名や資金的な後ろ盾を期待しているのではないか？　そうだとしたら、私では力になれない」

「資金、後ろ盾……」

楓の嫁入りは縞田家のためである。縞田の商いのためである。楓もまた、商いや奉公人のために、逃げ出さずに結婚を了承した。

少し考え、楓は背筋を伸ばし直した。

「嫁いで以来、父や兄からはなんの音沙汰もございません。おそらくは、岩津子爵と縁戚関係になれたことで満足しているのでしょう。この先、図々しいことを言ってくるようでしたら、わたしが言ってやります。『大日本帝国陸軍の大尉殿をつらまえて何をおっしゃいます。主人は金子のことなど知りません。お国を守る仕事をしております』と」

我ながら大きく出たものだと思った。しかし、ここで立てるべきは実家ではない。楓の今の家族は雪禎ひとり。雪禎が国を守るなら、雪禎を守るのは自分でなくてはならない。岩津の家からも、縞田の家からも。

「これは頼もしい」

雪禎がふふっと微笑んだ。それは普段より無邪気な顔で、子どもじみて見えた。威厳ある軍人の一瞬の隙を、思わず『可愛らしい』と思う楓だが、さすがに口には出せなかった。

「美人な妻をもらったと思っていたけれど、勇気もあるのだね。楓にはいつもいつも驚かされる」

「でしゃばりすぎでしょうか」

「いや、ますます気に入ったよ」

気に入ったという言葉に、単純なもので楓の頬はすぐに熱くなる。そんな妻の変化を見て、さらに雪禎は楽しそうに微笑むのだ。

雪禎がこうして笑ってくれることは、きっと尊いことなのだろう。佐千代が言うには、雪禎は子どもの時分、冷たい表情をしていたという。

今、雪禎は楓に油断した表情を見せてくれている。

(少しだけ、雪禎様に近づけた気がする)

七つの年に母を亡くし、働くことで居場所を作ってきた楓。産まれた瞬間に母を亡くし、家庭内で孤立していた雪禎。

似ているなどと思うことはおこがましいかもしれない。しかし、雪禎と自分には共通する寂しさが存在している。身体の奥に根付いた根源的な孤独だ。

たとえば、夕焼けに染まった雲の層を見たとき。たとえば、早朝の井戸端で顔を洗うとき。たとえば、夜中に暗闇の中で目覚めたとき。

ふとした瞬間に、自分が寄る辺ない身なのだと痛感する。

この先ずっと命を天に返すそのときまで、たったひとりきりこの世をさまようのだろうか。

幼い楓にはそんな恐怖があった。この世界にたったひとりであるという、背中がすうすうするような孤独である。

(この方にもわかるかしら)

楓はひそかに思い、次に否定するように首を振った。

高貴な身分の夫が自分と同じようなさもしい感覚を知るはずがない。たとえ実母はいなくとも、雪禎には姉がいてスエがいた。自分と同じに考えては駄目だ。

「楓、夕餉について考があるんだが」

雪禎が言うので、楓ははっと思考の海から戻ってきて、夫の顔を覗き込んだ。

「鯛《たい》が残っていただろう。あれを七輪であぶって、茶づけにしないか?」

「そんな簡単なものでよろしいんですか?」

「昼が豪勢だったからね。充分だよ。それに、鯛茶づけはうまいぞ」

香ばしく焼けた鯛をごはんにのせ、小葱《こねぎ》を散らして熱いお茶を注ぐ。想像して楓はごくんと生唾を呑み込んだ。

「さて、夕飯まで間がある。片付けたら縁側で休憩しようか」

楓はにっこり笑って、「はい」と頷いた。

午後の縁側は、きっと爽やかな風が吹いているだろう。

六　離縁せよ

雨のそぼ降る中、楓は番傘をさし、麻布の邸宅から徒歩五分ほどのところにある瀬藤家を訪ねていた。手には握り飯と惣菜《そうざい》の包み。腰を痛めているスエへの差し入れである。

古く小さい戸建てにスエは作典と住んでいる。作典は岩津家の使用人なので、日中はいない。

ごめんください、と声をかけ預かっている合鍵で玄関を開けた。

「まあまあ、奥様、毎日すみません」

居室ではなく、居間に布団を敷いてスエが休んでいた。腰のために布団を余分に積み重ねて背もたれにしている。上半身を斜めにしている格好だ。

「動いては駄目です。一週間は安静なのでしょう」

「お医者はそう言いますけどね。いたた」

身動ぎしてスエが小さく悲鳴をあげた。楓は隣に座り、スエの身体を布団に戻す。

「身の回りのことはわたしが。ほんの数日ですから、気にしないでくださいね」

「半月もですよ、奥様。申し訳なくって」

スエの腰痛は、一週間は床で安静、その後一週間は家事などで屈み込むことは禁止という診断だ。そこで楓は連日スエの家に通い、食事を差し入れたり、洗濯物を回収し自分のものと一緒に洗ったりしているのである。

「うちの作典に嫁でもあれば、奥様のお手を煩わせなくって済んだのに」

「それこそ、ご縁ですから」

「ああ、奥様。掃除は休みの日に作典がいたしますので、お気遣いなくお願いしますね」

あまりあれもこれもと手助けすると、スエも心苦しいようなので、あくまで最低限の手伝いだけにするつもりである。

お茶を淹れ、スエに持参した朝餉を勧めた。

スエの家は硝子戸ではなく障子戸である。気温も高くなり始めた六月半ば。雨戸を閉めておいては蒸し暑いのか、小さな庭に面した雨戸も障子戸も開いて、外の雨音と湿気が近く感じた。

「雨が吹き込むようなら閉めましょうか。夜は少し冷えますし」

スエの腰では、障子戸まで行くのも難儀だと尋ねれば、スエが首を横に振る。

「いいえ、弱い雨です。風もないですし、このままで大丈夫。退屈しているので、雨の音くらいは聞いていたいですよ」

ふたりでしばらく小さな庭を眺め、雨の音を聞いていた。不意にスエが言う。

「奥様、スエは今が一番幸せでございますよ」

「どうしたんですか？　急に」

楓が笑って尋ねると、スエも微笑む。

「十二で岩津の家に奉公に入って、二十五の年に世話してもらって夫と結婚しました。雪禎様の乳母になって、佐千代様のお世話もさせていただきました。雪禎様がご立派になって、作典が大人になって……。夫は十年前に病気で死んでしまいましたがね、看取ることもできました。そうして、奥様がお嫁に来てくださった」

腰を痛めて気弱になっているのだろうか。スエはしみじみと語り、それからゆっくりと楓に視線を巡らした。

「嫌なこともたくさんありましたし、悲しいことも限りなくありました。でも、その倍も楽しいことがありました」

「スエさん」

「何が言いたいって、奥様、大事なのは今だと思うんですよ」

どきりとした。スエの言いたいことが感じ取られた。

「雪禎様と奥様の御宅にご奉公できている今が幸せです。スエはそう思います」

「……今が」

「奥様がお嫁にいらして、雪禎様は本当に楽しそうでいらっしゃいます。お母様はなく寂しい思いもされた方ですが、奥様とお過ごしになることで孤独を埋められているように見えます。奥様がいてくださる今に価値があります」

楓は数瞬迷った。スエは、おそらく楓の葛藤《かっとう》について言及している。どこまで知っているかはわからないが、楓が当たり前のように育った令嬢ではないことは見抜いている様子だ。

「そうだといいのですが」

「雪禎様は穏やかですが、昔はもっと感情を見せない方でした。笑顔も作ったようなものでした。奥様と笑い合っているときは自然な表情をされています。スエは奥様に感謝していますよ」

スエは優しく言った。それはまるで許しの言葉のように響いた。

楓は返す言葉に迷い、「ありがとうございます」と小さく呟いただけだった。

帰宅し、屋敷中を掃除する。午後は大根と魚を煮て、また夕方頃にスエの家に行こう。作典が休みの日は蕎麦《そば》を茹《ゆ》でてくれたりするそうだが、普段は夜まで仕事である。握り飯と漬物で簡単な昼餉をとり終えると、ふうと息をついた。雨の音は静かで、それでいていつまでも降りやむ気配はなかった。

先ほどのスエの言葉が蘇《よみがえ》った。

雪禎は楓といるとき、自然な表情をしていると言っていた。ものすごく嬉しい言葉だ。乳母としてずっと雪禎を支えてきたスエに、認められたような気持ちになった。

しかし、同時に考える。

雪禎にこのまま何も言わないでいていいのだろうか。

本当のことを言わずに、雪禎の妻を続けていていいのだろうか。

この三月、雪禎とスエと繋いできた絆《きずな》は本物かもしれない。しかし、その大前提として自分は出自に嘘《うそ》をついているのだ。

芸妓の子、女中暮らしをしていた無学な娘。そんな身の上を隠して、蝶よ花よと育てられた令嬢のふりをしているのだ。

縞田家を守るためではあった。今もその気持ちはある。

しかし、楓の中で雪禎への気持ちが膨らむほど、真実を隠す毎日に苦痛を感じるようになっていた。これほど思いやり深い夫を騙していて、無邪気に笑ってなどいられない。

もちろん、事が露見すれば終わりである。岩津家は黙っていないだろう。

そのとき、雪禎はどう思うのか。考えれば考えるほど、わからなくなる。

雪禎と暮らす日々は幸福である。嫁いできてから三月、毎日毎日温かな心地でいられる。

女として触れられなくとも、優しく気遣われ、笑顔を見せてもらえる。手を包まれクリームを塗ってもらったり、髪を撫でられたりすれば無上の幸福だ。

そして雪禎自身も、楓に寛いだ表情を見せるようになってきている。

楓が自分の身の上を話せば、この温かな関係は終わってしまうに違いない。自分を騙していた女に、同じ気持ちで接することができるだろうか。

(ずるいかもしれないけれど)

楓は雨のそぼ降る庭を見つめ、考える。

(わたしは雪禎様のお傍にいたい。これからも)

接吻も交わさない。男女の情交もない。それでもいい。

雪禎が傍に置いてくれるなら、黙って優しい日々を享受し続けたい。

夕刻、楓はスエの家に再び訪れ差し入れをし、早々に帰宅した。

雨は相変わらず続いていて、番傘が重たく感じる。日が長い時期だが、今日の空は終日どんよりと暗かった。帰ったら米を炊いて、風呂を沸かそう。雪禎の帰宅まであと半刻ほどのはず。

屋敷の前に幌《ほろ》のついた人力車が停まっていることにはすぐ気づいた。遠目からも近所の停車場で借りられる人力車とは、外装の程度や車夫の装いが違うとわかった。楓の姿を幌の横の隙間から見たのだろう。乗車していた人物が降りてくる。

「兼禎様」

そこには雪禎の実兄が立っていた。背広姿に山高帽、ステッキを持った紳士然とした姿である。雪禎よりは背が低いが充分な長身で細身である。表情は思いのほか険しい。

「雪禎は」

「帰宅はいつもあと半刻ほどの時間です」

「待たせてもらう」

楓は動揺しつつも、兼禎を客間に通した。

広間と居間とは、廊下を挟んで対面の部屋である。広間も居間も窓を開け放っており、夕刻には少し肌寒さを感じた。雨の気配のない客間に通したほうがいいと思ったのだ。すぐにお茶の準備をする。

「いらん。下げろ」

持っていった茶をすげなく突き返され、楓はいよいよ困惑した。

来訪の予定は聞いていない。そして、祝言以来三月ぶりの義兄のこの不機嫌ぶり。いったい何があったというのだろうか。

外で車の音がする。楓は台所から玄関へ向かい、下駄を引っかけ外へ出る。

門扉をくぐってきた雪禎は外に待たせてある人力車で、すでに何か起こっていることは察しているようだった。

「お帰りなさいませ」

「兄か？」

頷くと、雪禎はまず楓に微笑みかけた。

楓の表情が強張って見えたのだろう。『大丈夫だ』という言葉が口にしなくても聞こえた。

雪禎は革靴を脱ぎ、まっすぐ客間に向かった。

「兄さん、こんばんは。急なお越しですね。驚きました」

雪禎が腰を下ろす前に、兼禎が厳しい口調で言った。

「女、そこにいろ」

客間を辞そうとした楓に投げつけられた言葉である。楓は客間の戸口にそろそろと正座する。雪禎がようやく腰を下ろし、苦笑いした。

「兄さん、私の妻に乱暴な言葉を吐かないでいただけますか」

「何が妻だ。今頃、縞田の主人が父の前で頭を垂れているところだぞ！」

苛立った兼禎の言葉に、楓は事態を察した。いや、確信に変わったと言っていい。

兼禎の登場から、嫌な予感はしていたのだ。

「縞田楓、卑しい娘がよくも岩津家に入り込んだものだな。おまえは縞田の主人が芸者に産ませた子ではないか。嫁入りのふた月前まで、ぼろをまとって女中をしていたと」

兼禎が嘲笑《ちょうしょう》めいた口調で断罪する。楓は全身から血の気が引いていくのを感じた。

ああ、雪禎の前ですべてつまびらかにされてしまった。指先が震え始める。

楓の表情で、勝利を確信したかのように兼禎が続ける。

「岩津に御用聞きに入る七間屋《しちはざまや》に聞いたぞ。縞田の家には息子がふたりと娘が三人。

皆片付き、年頃の娘はいないはず。いるとしたら、主人の落とし胤《だね》だ。男子は皆養子に出され、女子で育ったものは幾人か女中をやっていたはずだと」

楓の動向ではなく、周囲の話から兼禎は真実にたどり着いたようだ。縞田の父が岩津家に赴いているというなら、事はごまかしきれない状況に発展しているのだろう。

「変だとは思ったのだ。雪禎の嫁探しの折、父は縞田の主人に、『大店の令嬢を紹介してほしい』と頼んだ。すると主人は『実はうちには身体が弱くて表に出していない娘がひとりおりまして』などと言いだしたのだから。要は岩津と縁続きになるために、女中の娘を急ごしらえで差し出したということだろう。岩津の家に躾《しつけ》の行き届いていない下女を入れるとは」

怒りに震える声のまま、兼禎が雪禎をきっと睨《にら》みつけた。

「しかもこの女、芸者の子だぞ！　古くは宮家の血筋になんという不敬。雪禎、この縁談はなかったことにする。即刻離縁せよ」

楓は唇を噛みしめうつむいていた。油断すると涙がこぼれそうだった。しかし、ここで泣く資格はない。

間違いなく、兼禎の言う通りである。夫を騙していたのは自分だ。

「兄さん」

雪禎の声はどこか呑気で、間延びして聞こえた。

「少し落ち着いてください。芸妓の子だなんて風流じゃないですか。しかも柳橋といったら芸の新橋《しんばし》と並んで一等地。芸妓も一流ぞろいです」

その言葉に、ふと楓は違和感を覚えた。しかし、口を挟むことはおろか考える間もなく兼禎が怒鳴る。

「我が岩津家に相応しくないと言っているんだ！」

「伊藤《いとう》先生も板垣《いたがき》先生も、細君は一流の芸妓であったそうですよ」

維新の立役者の名を挙げて言う雪禎。そののらりくらりとした物言いとは対照的に、兼禎のほうはますます激高する。

「岩津は公家の一族だぞ！」

「楓は岩津家の嫁ではなく、私の妻です。そして、私は本家から離れた身です」

「おまえは私の弟だろう！　卑しい身分の女とその一族に騙されていたとして屈辱を覚えんのか⁉」

雪禎がにっこりと笑った。そして質問に答えるのではなく、はっきりと宣言した。

「離縁はいたしません」

兼禎が目を剥き、言葉に詰まった。わなわなと拳を震わせ、それから硝子戸が割れんばかりの声で怒鳴った。

「それほど、兄を気に食わないと言うか！　私への反抗心でこの女中を捨てないというのか！」

「反抗心ではありませんよ。なんの不足もない妻と仲睦まじく暮らしているのです。離縁させられる道理がないというだけ」

さらに怒鳴ろうと気色ばむ兼禎に、雪禎は有無を言わせない声で付け足した。

「後日、お父さんと兄さんの元へあらためてお話に伺います。妻も怯《おび》えておりますし、今日はお引き取り願えませんか」

「雪禎！」

「お引き取り願えませんかと申しております」

たった今までのいなすような表情と口調が掻《か》き消えた。楓の視界の雪禎は、ひやりとするような視線で兼禎を見つめていた。

気圧されたのか、兼禎が舌打ちをして立ち上がる。物も言わずにどしどしと廊下を踏み鳴らし、玄関から出ていってしまった。

「さて」

兼禎が去り、客間には楓と雪禎しかいなくなっていた。

雪禎が何か言う前に楓は座り直し、それから両手をついて深く頭を下げた。

「申し訳ございませんでした！」

楓は畳を睨み、声の限りに謝った。

「兼禎様のおっしゃる通りです。わたしは、縞田の主人の娘ですが、妾腹で女中の身分でした。令嬢のふりをして嫁入りしてまいりました。雪禎様と岩津家の皆様を騙していたのです」

「楓、顔を上げなさい」

雪禎の声がなおも優しく、楓は泣けてきた。歯を食いしばって涙をこらえ、額ずいたまま謝罪する。

「誠に申し訳ないことをいたしました。離縁されて当然でございます。縞田の父も事が露見しては、意地も張れません。父娘ともども岩津家の皆々様に誠心誠意謝罪してまいりますので」

「楓」

両肩を掴《つか》まれ、楓はようやく顔を上げた。雪禎が楓の目の前にいた。膝をつき、楓の顔を真剣な瞳で覗き込んでいる。

「おまえは私と離縁をしたいのかい？」

「……わたしのような無学の卑しい娘、雪禎様に相応しくありません」

涙をこらえると表情は険しくなり、声は小さく震え、かすれる。

しかし、雪禎から目を逸らすことだけはしなかった。この期に及んで逃げるような態度は取りたくなかった。

「なるほど、離縁してもいいと」

雪禎がぽつりと言った。無表情に近い顔。その中で瞳だけが妖しく揺らめいた気がした。

その透明だが不穏な色に、楓は暫時目を奪われた。

「離縁などと、私が許すと思ったのかい？」

「雪禎様？」

名を呼ぶ傍から抱き寄せられた。雪禎の軍服の胸に楓の身体はすっぽりと収まってしまう。そして、力強い腕が楓の背をしなるほどきつく抱きしめた。

「おまえは私に嫁いだのだから、一切を私にゆだねてもらわなければ困るよ。楓、おまえは私の妻なんだ。私はおまえを手放す気なんかこれっぽっちもない」

今まで感じたこともない熱情に慄き、暴力的ともいえる抱擁に身を震わせる。

そんな楓の両の頬を大きな手が包み、上向かせた。間近にある雪禎の顔は、すごみを感じるほど美しく冷たく、艶やかだった。

「私が嫌いならいい。しかし、そうでないなら私も譲る気はないよ。おまえが私を欲しくてたまらなくなるまで甘やかして、幸福でとろけさせて、離れられなくしてやろう」

低くささやかれ、今までの悲しい気持ちより混乱と当惑で楓は言葉が出てこない。

こんな雪禎は知らない。

優しい夫のこのような執心は見たこともない。

感じるのは驚きと、どうしようもない胸の高鳴りだった。

「抱きたいのを三月も我慢してひたすらに可愛がってきたおまえを、こんなことで奪われてたまるか。楓は私の元で、これからも笑っていなければならない。毎日私を笑顔にしてくれなければ……」

「ゆ、雪禎様!」

楓は混乱しながら、必死に声をあげた。雪禎の厚い胸板に手を当て、縋《すが》りつくように見上げる。

「わたしを……、抱きたいと……思っていらっしゃったのですか?」

離縁の話をしながら何を、と自分でも思っていた。しかし、今の雪禎の言葉はどうしても聞き逃せなかった。

雪禎が細めていた目をきょとんと見開いた。そこにはすでに妖しい魅力の気配はなく、いつもの優しい夫がいた。それから雪禎ははははと哄笑《こうしょう》し、楓の額に自身の額をこつんと当てた。

「抱きたいって……当たり前だろう？　私だって、男なのだから。だけど、まずはおまえに人並みの幸せを、と思ってね。生活が安定して、それこそおまえが私に心底なついてくれたら本当の妻にしようと思っていた。知っているかい？　男女の交接は心を繋いだほうが心地いいんだ」

耳元でいたずらっぽくささやかれ、楓はぶわっと赤面し、金魚のように唇をぱくぱくと動かした。

「誓って本心だよ。楓の身の上を知っている私としては、まずはのんびり普通のお嬢さんのように暮らさせたかった。それなのに、おまえときたら、毎日せわしなく働いているものだから」

「え、ええ？　わたしの身の上？」

「ああ、少し話をしよう。結論から言うと、私はおまえが女中暮らしをしていたことを知っていたんだ」

楓は言葉を失って、間近にある雪禎の目をしげしげと見つめた。

先ほどの雪禎と義兄の会話の違和感を今さら思いだす。雪禎はあのとき兼禎が明かさなかったことを口にした。『柳橋の芸妓』、母の素性を知っていないと出てこない言葉である。

「雪禎様はすべて知っていらっしゃった……？」

「ああ、すべて」

雪禎はこともなげに答えた。

「今から六年も七年も前のことかな。私が見習い士官を終えて、少尉として連隊に配属された頃だ。祖父に頼まれて縞田に薬を取りに行ったことがあった」

場所を居間に移し、あらためてお茶を淹れる。外は薄闇に包まれ、弱い雨がちらついていた。並んで硝子戸を閉めた縁側に座り、雪禎は話しだした。

「縞田の店先でね、座敷の帳場の前に腰かけていたら女中が運んできたお茶をこぼしたんだ。女中たちは将校さんに粗相をしたと大騒ぎ。そうしたら、近くの薬棚で作業していた十一、二歳の下女が駆け寄ってきた。自分の真新しい手ぬぐいを手に『お怪我はしていらっしゃいませんか？』と真剣な顔で見上げてきた」

雪禎は思いだしているのかやわらかな表情になる。

「番頭も女中も縞田の主人も、私の軍服が汚れたとか、渡した高い煎じ薬が濡れて駄目になったと騒いでいるのに、小さな下女ひとりだけが私の火傷の心配をしていた。その子はすぐに『おかえ！』と年上の女中に怒鳴られて棚の整理に戻されたけれど」

楓は黙って聞いていたが、そのときの光景の一部が脳裏をよぎった。長く忘れていた記憶の一端だ。

「あのときの『おかえ』はおまえだろう、楓。あの子はおまえと同じように首筋にほくろがあった」

楓はおずおずと頷いた。

楓を『おかえ』と呼ぶ先輩女中たちが何人かいた。近くに材木や商材を運ぶ川があり、そこの名が楓川だったこともあって、紛らわしいからと呼ばれたのである。

そして、少し前に雪禎が自分の首のほくろについて確認したことを思いだした。子どもの頃からあるほくろだと聞いて、雪禎は満足そうな顔をしていたが、あれは確認だったのだ。

「それから時間が経って、去年の話。私は日本橋の本町でおまえを見かけているんだ」

「え？　わたしをですか？」

「連隊の大佐殿のお付きで外出していてね。車の中で待つ時間があったのだが、そのとき青菜の籠を抱えた娘を見た。器量がいいから目で追ってしまったのかと思っていたら、なんのことはない見たことのある娘だったんだ。首筋のほくろで、あの『おかえ』だと思いだした。立派な大人になって、まだ縞田に奉公しているのか、なんて感慨深い気持ちになったよ」

力持ちの楓は買い物に重宝され、よくお使いを仰せつかったものだ。それを見られていたとは思わなかった。

「その冬に結婚の話が出てね。縞田の娘だというだろう。これはちょうどいいと、書生のなりをして覗きに行ったことがある」

「そんなことをされたのですか？」

変装して見に行くなんて、なかなか茶目っ気のある行動だ。雪禎にそんな一面があるとは思わなかった。

「だっておまえ、今どきお見合い写真も渡されないで、どんなお嬢さんと結婚するのかと気になるだろう。まあ、それにかこつけてあの『おかえ』と口をきけるかと期待したのもあったよ。『おかえ』と年の頃は同じくらいのお嬢様だろうから、当然よく知っているだろう、と」

雪禎が女中時代の自分を『おかえ』と認識し、そしてわずかでも意識していてくれたことが楓には感動だった。しかし、その興味の対象がまさか嫁本人だとは思いもよらなかっただろう。

「あの……もしかしてそこで……わたしを?」

「ああ、裏口で琴の先生を見送りしている令嬢の姿を見た。それがあの『おかえ』で驚いたよ。琴の先生を捕まえてそれとなく事情を聞くと、嫁入り前に急いでできるところまで教えろと言われ困ってるとね。もしかしてあの令嬢が花嫁で、それが『おかえ』なのか?と。だから、祝言までにおまえの身の回りのことは少々調べさせてもらった」

言葉が出てこない。これまでの雪禎が語った事実は、すべて心当たりがある。雪禎がでたらめを言っているわけがない。

「次に会ったとき、『おかえ』は角隠しに黒引きを着せられて『縞田の令嬢の楓』になっていた。私の花嫁のね」

最初の最初から知られていたのだ。知った上で、この夫は優しい笑顔で楓を見つめていたのだ。

さらには楓が必死に令嬢ぶっているのも見られていたということになる。

「本当になんとお詫《わ》びをしたらいいか」

申し訳なさと恥ずかしさとで楓は顔を覆いたい気持ちだった。居たたまれない気持ちで頬が熱く、しおしおと背を丸めてうつむいてしまう。

「楓の責任じゃない。縞田の主人が都合よくおまえを使っただけだろう。楓の母親や育った経緯を調べたが、それほど雑に扱われてよく父親の言うことを聞いたね」

「……縞田の商いはあまり順調ではなく……家族に情はございませんが、世話をしてくれた丁稚や女中たちが路頭に迷うことを避けたくて。結果、父の欲得ずくの計略に乗るしかありませんでした」

「それを言うなら、岩津の家も似たようなものだ。縞田の主人に私の嫁を探させようとしたのも、富裕な大店と縁戚関係を結んで、もしものときは資金援助を願い出ようと思っていたからなんだよ」

「岩津のお家が、ですか？」

楓の知るところの華族は、けた違いの資産を持った上流階級の人々だった。それが資金援助とはどういうことだろう。

「華族だ貴族議員だと言っても、所詮は元公家。知っているかい？　公家華族と武家華族では家禄が大きく違うんだ。さらに子爵位の父は藩閥政治の中枢には食い込めない。兄に代替わりしても同様だろう。しかし父は見栄坊だから、華族の体面を保つための金子は惜しみたくない」

言葉を切って、雪禎は愉快そうに笑った。

「私と楓の縁組は、双方ない金子を目当てにしたものだったんだなあ」

「本当に、……そうでございますね」

思いだされる祝言の宴。

皆、互いの資産を狙って腹の探り合いをしながら、楽しそうに酒を飲んでめでたいめでたいと繰り返していたのか。

自分たちはいよいよただのお飾りであったのだ。

「楓、しかし私はおまえと過ごす毎日が楽しいよ。くるくるよく変わる表情を眺めていると飽きないし、毎日楽しそうに家事をしているのを見ると癒される。畑で泥まみれになっているのも、隠れて読み書きの練習をしているのもとても可愛い。おまえの巻き起こすすべてのことが心地いい刺激になる」

雪禎の左手が伸び、腿《もも》の上にある楓の右手に重なった。先ほどまでの妖しいくらいの執着はなりをひそめているが、代わりに静かな情熱を感じる。

「この先も楓といたい」

「雪禎様……」

「承知してくれるかい？」

楓は一も二もなく頷いた。涙をこらえ、まっすぐに雪禎を見つめて。

「はい、わたしも雪禎様のお傍にいたいです」

自分はとっくに雪禎のものなのだ。この人の言う通り、一切をゆだね、一切を預け、一切を信じて生きていきたい。

楓の経歴を知った上でまだ望んでくれる。大事にしてくれる。そんな人が夫となってくれたことが、人生一の幸福であると楓は思った。

「よし、そうと決まれば出かけようか」

雪禎がぱっと口調を変え、立ち上がった。楓を立たせると茶道具一式を丸卓に戻す。

その変わりように、楓は少々驚いて焦った。

「雪禎様、どちらへお出かけでいらっしゃいますか？」

「ああ、楓も一緒だよ。岩津の家に行くんだから」

「え、えええ？」

岩津の家……。雪禎の実家にということだ。

・

つい今さっき、兄の兼禎を追い返した格好で、ふたりでそろって行こうというのだろうか。

戸惑っている楓に、雪禎は言った。

「万事うまくいくから大丈夫」

雪禎に連れられるまま、着の身着のまま外へ出た。少し歩くと坂の下に人力車の停車場がある。そこで車を拾い、向かったのは岩津本家だった。

初めて訪れる華族の邸宅は、聞いていた通りの洋館であった。門から入り、洋風の庭園の間を進むと玄関前に車付けがある。そこで人力車を降りた。雨はもうほとんど降っていない。

「雪禎様」

迎えに出てきた使用人たちが驚いた顔をしている。まだ邸内にいた作典の姿もある。

「急に悪いね。父と兄は居間かな」

楓の手をしっかりと握り邸内に入ると、雪禎は使用人たちを見回して尋ねた。

「今、お客様が見えていらっしゃいまして、応接間に」

「わかった」

そのとき奥の戸が開き、中から出てきたのは縞田の主人――楓の父であった。楓が短く、あ、と呟き、父もまた楓と雪禎の姿を視認したようだ。

「これはお義父さん、ちょうどよかった。ご同席願えませんか」

雪禎は楓の手を取ったまま、ずんずんと縞田の主人に歩み寄る。

すでに岩津子爵と兼禎と話し合いをした後だろう。縞田正二郎はげっそりとした顔をしていたが、さらに厄介事になったと戦々恐々の表情になる。しかし、弱みがあるのは事実で、「へえ」と頷き、雪禎と楓の後について再び応接間への戸をくぐるのだった。

応接間は毛足の長い絨毯《じゅうたん》とダマスク柄の壁紙、ベルベットの布張りソファの置かれた空間だった。灯りはあるが、うす暗い。

「お父さん、兄さん、こんばんは」

突然の闖入者《ちんにゅうしゃ》に岩津子爵と兼禎がこちらを見た。雪禎だけでなく隣の楓を見て、兼禎の顔が見る間に険しくなる。

「どうした。話は兼禎がした通りだぞ。そこの縞田の主人からも言い訳を聞いておる」

ソファに深く腰かけ、岩津子爵が言った。先日体調を崩したばかりとは思えない威厳ある壮健な佇《たたず》まいである。

「その娘は芸者に産ませた子で、躾の悪い女中上がりだ。岩津家の嫁には不適格。さらに言えば、父娘そろって我らをたばかっていたことが許しがたい」

岩津子爵は重々しく告げた。兼禎のように怒鳴りはしないが、家長として重大な決定をしてきた人間の圧力がある。

「明日にでも離婚届を出すゆえ、娘は今宵のうちに父親と日本橋に帰れ」

離婚届。やはり岩津家を執り成すことなど不可能に思えた。

祝言と婚姻届の提出は必ずしも同時期ではない。子が産まれてから正式に戸籍上の婚姻関係を結ぶ例も多い。

しかし楓と雪禎の結婚は、先に婚姻の手続きを終えていた。ゆえに、離縁もまた離婚届を役所に提出しなければならないのだ。

「お父さん、私は楓と離縁する気はないと兄さんに伝えたはずですが」

「許されると思っているのか？」

兼禎が横から憎々しげな表情で雪禎を見つめる。

「世間的にはここで楓を放り出したほうが非難されるでしょうね」

雪禎は飄々《ひょうひょう》としていた。口元には笑みを浮かべ、右手はしっかりと楓の手を握りしめている。

「祝言から三月、私はこの妻にすっかり骨抜きにされてしまいました。毎夜毎夜、朝まで手放せないものですから、師団の訓練がきついことといったらないです」

楓はびっくりして雪禎の横顔を見上げる。嘘八百である。

「いたいけな娘を慰み物にして、たった三月でぽいと捨てたとあっては、岩津家がどれほど非難されるか」

「縞田の家が嘘をついていたのだぞ！　悪いのはどちらか！」

兼禎が言い返す。雪禎はふうと息をついた。

「楓が縞田の主人の娘であることは間違いないこと。さらに母親は柳橋の名高い芸妓・まつ葉。母親譲りの美貌の少女を手に入れ、純潔を奪い好き勝手に凌辱《りょうじょく》し、さらには孕ませて捨てたのが岩津家の次男、陸軍大尉とあっては……」

そう言って雪禎は楓を引き寄せる。背中側から包み込むように抱きしめ、楓の帯のあたりを優しく撫でさするのである。

「孕……孕んでおるのか？　その娘は！」

兼禎が叫び、岩津子爵が苛立たしそうに「しっ」と息子を制した。

「毎夜抱いておりますので、もう孕んでいるかもしれません。まあ、可能性の段階ですよ……どちらにしろ、大店と華族の間で離婚劇が巻き起これば、世間は面白おかしく想像するでしょう。分が悪いのは岩津家です」

揶揄《やゆ》する口調で言い、雪禎はさらに楓の頬を撫で、髪に口づける。目の前の天女に心酔していると言わんばかりの態度だ。

楓は先ほどから、それらすべての行為に混乱の極みを通り越し放心していた。顔は耳朶《じだ》や首まで赤いだろうし、唇も口腔《こうくう》も緊張でカラカラに乾いている。

しかし、雪禎が任せておけと言ったからには、楓はこのひと芝居に木偶人形のごとく立ち尽くして参加するしかないのである。

「娘、発言を許す。……雪禎の言うことは事実か」

岩津子爵が底冷えする声で尋ねる。楓は慄きながらも拳をぎゅっと握った。

「……っ、子はわかりませんが、その他は事実でございます。雪禎様に毎夜、……お情けを頂戴しております」

眦《まなじり》を決し、声が震えないように腹に力を込めて答えた。

雪禎といいたい。そのために障壁は乗り越えなければならない。

「このたびのこと、誠に申し訳なく思っております。無教養な粗忽者《そこつもの》ではございますが、雪禎様のお傍に侍れるよう、精進いたしたく思って――」

「もうよい、黙れ」

ぴしゃりと岩津子爵が楓の言葉を遮った。それから厳しい目を雪禎に向ける。

「わしは許す気はない」

岩津子爵がソファから立ち上がり、重い足取りで窓辺に歩み寄った。硝子戸の向こうの庭園を眺めているようだ。

「しかし、雪禎は頑固だからな。陸軍幼年学校への入学も、わしの意見は一切聞かなかった。今回も無駄だろう」

岩津子爵の顔は見えない。兼禎が実父の下そうとしている沙汰に困惑した表情をする。

「しかるべきところから妻をもらい、その娘を妾として囲うことなら許してやる」

「ご冗談を」

「では、いずれまた、おまえの熱が冷めた頃に話すとしよう」

「熱が冷める日など来ませんよ」

雪禎は背を向けた父に向かって頭を下げた。

「お父さん、今日はありがとうございました。そうそう、私と楓の離婚届を勝手に役所に出すようなことはおやめください。また楓をどこぞへ連れ去るような真似もおやめください」

楓は見た。雪禎の瞳が怜悧《れいり》に光るのを。

「そのときは、親子の情も兄弟の情もかなぐり捨て、岩津の家を徹底的に破滅させます」

にっこり微笑みながら言う言葉ではない。楓は心中寒々しく呟いた。

「それでは、夜分に失礼いたしました」

雪禎に伴われ、楓は一礼をしてから応接間を出た。

縞田の父は、雪禎にだけ「かたじけのうございます」と挨拶をし、楓の顔もろくに見ず逃げるように帰宅していった。縞田の父になんの期待も持っていなかった楓は、そんなものだろうとひそかにため息をついただけだった。

帰り道はまだ居残っていた作典が車で送ってくれた。麻布の屋敷まではさほど遠くもない。

「おふたりとも今日はゆっくりお休みください。こちら、明日の朝餉です」

門扉のところで作典が手渡してくれたのは紙袋に入ったパンだった。楓は目を輝かせた。石窯がないため、いまだパンは作れていないのだ。

「岩津家の厨房《ちゅうぼう》で作ったものです。これとバターがあれば、米を炊かなくてもいいんです。ぎりぎりまで寝ていられます。うちの母にも用意してありますので、奥様は母の朝餉の心配をしなくていいですからね」

「作典さん、ありがとうございます」

「作典、気が利くなあ」

バターの包みを受け取って、雪禎も作典に感謝を伝えた。

作典が行ってしまうと、家はまた楓と雪禎だけになった。

夕刻から夜のこの時間に、ありとあらゆることが起こった。精神的な疲労からか、身体はくたくたで、作ってある夕餉を温め返して出す気力すらなくなりそうである。

そして、米はいつも間際に炊くのだが、今日は兼禎の来訪で炊けていない。

「先にお風呂を沸かします。お疲れでしょう」

上がり框に足をかけ、楓はそれでも笑顔を作った。風呂に入ってもらっている間に、夕餉を整えよう。すると、雪禎が行こうとする楓の手を取り、押し留めた。

「いや、今日は遅いからやめておかないか。食事も冷暗所に置いて、明日の朝、このパンと一緒に食べよう」

「はい。……ありがとうございます」

正直、疲労と精神的な衝撃から食欲がない。そんな楓の顔を覗き込み、雪禎が言った。

「楓、今夜は一緒に眠ろう」

「え!?」

思わず叫んでしまった。楓は雪禎の顔を見上げ、その真意を窺おうとする。

雪禎は人の好い笑みを浮かべて言った。

「安心しなさい。いきなりおまえを抱こうという了見を起こしたわけじゃない。梅雨寒の陽気、風呂の時間を惜しんではみたが、おまえの身体は冷えていそうだからね。一緒に眠ったら温かいかと思ったんだ」

本当にそれ以上の他意はなさそうな口ぶりに楓は落胆半分、喜び半分である。

「もうお互いに隠しごともない。夫婦らしく並んで寝よう。床の準備をしてくるから、楓は身体を拭く湯を頼む」

「は、はい!」

楓がたらいに湯を入れ、手ぬぐいと一緒に雪禎の部屋に向かう頃には、布団が二枚敷かれてあった。初夜の晩と同じように。

そこから、雪禎が着替えるまでに、楓も自室で身体を拭き寝間着の浴衣に着替えた。ひとつ結びの髪をほどいて櫛をかける。心臓がどくどくと鳴り響き落ち着かない。

「失礼いたします」

雪禎の部屋に入り布団の横にひざまずくと、先に布団に座っていた雪禎が自分のほうの掛布団を持ち上げ、「おいで」と言う。

「温めると言っただろう。充分温まったら、自分の布団に戻っていい」

「はい」

おずおずと雪禎のほうに近づくと腰を抱かれ、引き寄せられた。

抱擁で感じる厚い胸板と力強い腕。いつも軍服の下に隠されている身体は、こうして触れてみればたくましい。夫が日々訓練で鍛えていることがわかる。

今日だけでこの三月の何倍もの接触をしている気がした。そろそろ混乱が天井に達しそうだ。

「本当に安心おし。男女の色事は、互いの気持ちが通じてからが心地よいと言っただろう。すぐにおまえをどうこうしたりはしない」

「は、はい」

「長く秘密を抱えていたのだから疲れただろう」

身体に響く雪禎の言葉に、楓は夫が自分を気遣い心配して、今こうしてくれているのだと気づいた。

そして、夫の言葉に気が緩み、今頃になって涙が溢れてきた。ここ半年ばかりの自身に降りかかった驚天動地の日々。

「雪禎様、本当に申し訳ありませんでした。あなたを騙そうとしていたのは本当なのに」

「私も知っていて黙っていたのだから、おまえを騙していたのさ。おあいこでいいだろう」

「本当に、わたしがお傍にいてもいいですか?」

楓は雪禎の顔を見上げる。涙に濡れた瞳のままに、夫を見つめる。

「雪禎様と暮らす毎日が幸せなのです。すぐに陸軍将校様に相応しい妻にはなれないかもしれません。でも、誠心誠意努力いたします」

「努力などいらない。楓は私の火傷を心配してくれた小さな頃のまま、美しく優しく成長してくれたのだから。いてくれるだけで、私は毎日が太陽の下にいるように明るいんだよ」

雪禎が目を細め、唇を緩めた。その表情は今まで見たどの表情よりやわらかく、穏やかだった。

「お互い、家庭の縁というものは薄かった私たちだけれど、これからふたりで家族になっていけばいい。おまえを大事にしたいと思っている」

楓はもう言葉にならずに、雪禎の胸に顔を埋めた。しゃくり上げる肩を雪禎が何度も撫でてくれる。

「しかし、おまえ。今日からは私も、もう少し遠慮しないよ」

雪禎が言い、楓の身体をひょいと抱えて布団に横たえた。涙は引っ込みかけていたけれど、いきなりのことに驚いて楓は身を硬くした。

すると、雪禎が露わになった楓の鎖骨あたりに唇を押しつけた。混乱で声が出ない。ちりとした痛みに何事かと思うと、唇は離れていった。

「明日にでも鏡台で見てごらん。赤い痕がついているはず」

楓の上に覆いかぶさったまま、愛おしそうに雪禎が目を細めた。唇が濡れ、色香を感じる。

「私の妻である印だよ」

「雪禎様の……印……」

楓はたった今、熱を与えられた場所に触れ、夢見心地で呟いた。

その晩、ふたりは身を寄せ合い、ひとつの布団で眠った。まるで幼い兄妹のようにくっついていただけだが、楓の心は今までになく満たされていた。

結局、朝は普段より半時も寝坊してしまったのだった。

七　実り

六月の末。雨の日はまだ多いが、晴天なら日差しの強さを感じるようになってきた。雨上がりの湿度の高い晴れ間は、何をしていても汗が噴き出す。薄物にするには少々早いので、単衣の着物をたすき掛けにして家事に励む。

「奥様、お茶を飲みましょう」

先日仕事に復帰したスエがお茶の盆を運んでくる。塩分補給に梅干しと漬物が小皿に添えてあった。

「スエさん、ありがとうございます」

「屈み込む仕事はほとんど奥様にお任せしてしまって申し訳ないですよ」

「まだ腰が本調子じゃないんですから無理はいけません」

楓は微笑み、丸卓のスエの向かいに座った。

「今日は暑いですね」

「もう半月もすれば夏本番ですもの。奥様、氷水のお店が近くにございますよ。今度、雪禎様とお出かけしていらっしゃいませ」

「雪禎様は氷水がお好きなんですか」

「奥様も知っての通り、甘い物は割となんでも。虫歯になるからと、お小さいときは注意したものですが」

楓とスエは顔を見合わせ、ふふふと笑う。

先日岩津の本宅に楓の素性が露見したのをきっかけに、スエにも本当のことを話した。スエはすべてを察していたわけではないものの『奥様が女中のお仕事をされていたのでは、とは思っておりました』と言葉少なに頷いた。

楓の複雑な家庭事情を知り、涙ぐみながら『奥様は奥様でございます。スエにできることはなんでもお申しつけくださいと言ってくれた彼女は母親のような心境なのかもしれない。騙していたことを気にも留めず、楓のこれまでを気遣ってくれるスエに楓はいっそう感謝と親愛を感じた。

「スエさん、畑の野菜、かなり育ってきたんですよ」

「ええ、ええ。茄子も胡瓜もよく伸びて。夏が楽しみでございますね」

「はつか大根がまだいくらか採れます。あとは小松菜が食べ頃なんです」

楓は畑に視線をやり、言う。

「スエさんと作典さんにご馳走したいです」

「へえ？　お野菜をですか？」

「ええ。雪禎様に聞いてみますね」

まあまあとスエは恐縮していたけれど、困った様子ではなかった。


その日、帰宅した雪禎といつものように夕餉を囲みながら、楓は切り出した。

「スエと作典を招いて食事を？」

「ええ、ふたりにはお世話になっていますし、わたしが作ったお野菜を食べてもらいたいと思っていたんです」

漬物にしたはつか大根などはスエにも振る舞ったが、そろそろ収穫時期の小松菜は量も多く、食べるなら皆で食べたいと思ったのだ。

「スエも作典も、私にとっては親兄弟より近しい存在だからね。楓の申し出は嬉しいことだよ」

「本当ですか？」

「ああ、休みの日に食事の会をしよう。スエの全快祝いとでもすればいい」

「名案です、雪禎様」

楓は顔をほころばせて頷いた。楽しみが増え、俄然《がぜん》やる気も湧いてくる。

夕餉を終え、床に就くまでの間、ほとんど雪禎は自室にいる。読書をしていることが多いが、仕事を持ち帰っていることもあるようだ。楓は夕餉の片付けをし、自身も入浴を済ませ、戸締まりや火の元を確認する。

ここで雪禎に就寝の挨拶をし、自室に引き取るのが祝言から三月の楓だった。しかし、この半月で状況は一変した。

「雪禎様」

「終わったかい。ご苦労様」

雪禎の私室にはすでに布団が二組敷かれている。雪禎が敷いてくれたものである。

「おいで、休む前にいつも通り本をさらおう」

「はい、ありがとうございます」

楓は雪禎に呼ばれるままに歩み寄り、文机の前に座った。その横に雪禎が座る。並んで開くのは和歌集だ。

「昨日のおさらいから」

「はい」

楓の出自を明らかにしてから、ふたりの距離はいっそう近づいた。毎晩、こうして寝る前に雪禎が楓の学習を助けてくれるようになったのだ。

もう隠しごとはないのだから無理に読み書きを学ばなくてもいいと雪禎は言ったが、そこは楓の意志である。読み書きができ、物語や詩歌の世界を知ることができれば、それはきっと人生を豊かにしてくれるはず。

楓のそんな気持ちを汲んで、雪禎は長いときで一刻ほども楓の勉強を見てくれる。読み書きはかなりできるようになった分、物語や古典などを持ち出しては教えてくれるのだ。

日によっては、英語や算術なども触り程度だが勉強してみる。なんでもこれからは英語ができたほうがよく、さらに算術は陸軍では必須と言われるほど重要だそうだ。

「私など算術の成績で幼年学校に入学したようなものさ」と雪禎が嘘か誠かわからない口調で言うのだ。楓は初歩の初歩のような公式を覚えることも学習のひとつに入れた。

「だいぶ、理解できるようになったね。次は漢詩をやろうか」

「漢詩でございますか？　昔、義兄様が父に叱られては、寒い中外に立たされて漢詩を暗唱させられておりました」

「それは嫌な思い出だね。なに、漢詩はそう難しいものじゃないし、読んでみれば味わい深いものだよ」

楓は幸せだった。学ぶ機会を得たこと、誰に隠すこともなく堂々と学べ、わからない点は質問できること、さらにその教師が愛しい雪禎であること。

過去を知られ、もう終わりかと覚悟もしたのに、雪禎は楓を遠ざけるどころかいっそう深く慈しんでくれる。その情愛はどこまでも優しい。

並んで勉強をするこのひとときは、兄妹のように清く罪のないものだけれど、家族に恵まれなかった自分たちには例えようもない幸福な時間だった。

「ふふ」

雪禎がかすかに笑うので、楓は見上げて尋ねる。

「いかがされましたか？　雪禎様」

「こうしていると、若紫《わかむらさき》を教育する源氏《げんじ》の君のようだと思ってね」

源氏物語を引き合いに出しているのは、楓にもわかった。楓はぷっと膨れて反論する。

「雪禎様は、源氏の君のように浮気者ではございません。高貴なお血筋と容姿端麗というところは共通していらっしゃいますが」

「なるほど、なるほど」

雪禎は楓に詰め寄られ、より面白そうに笑う。

「私が言いたかったのは、可愛い妻を自分好みに養育するというのは、男として格別に満足感のあるものだなということだよ」

目を細めいたずらっぽく笑うと、楓の耳元に吐息とともにささやいた。

「楓はまっさらだから、身も心も私が好きにできる。おまえの天真爛漫なところはそのままに、全部私のものとして作り上げられる」

「ご……ご期待に……添えられますか……」

「勉学を無理させる気はない。おまえの知的探求心を満たす教養をつけてやりたいだけ。でも」

言葉を切って、耳朶に口づける雪禎。楓はひゃっという声を呑み込み、身体を震わせた。

「床の中では、私好みに仕立てるつもりだよ」

ぶわあっと全身真っ赤になる楓を見て、雪禎が身体を離し、くつくつと笑いだす。

半分以上はからかっていたのだろう。楓は真っ赤な顔で恨めしく雪禎を睨んだ。

「雪禎様……意地悪です」

「すまないね。おまえが可愛くって、つい。待つ身の楽しさというのも、なかなか」

勉強はそこで終いにし、ふたりで床に就いた。まだ抱き合うことはないものの、こうして並んで床に就くのがここ半月のふたりだ。

「楓、手を」

雪禎が布団の中に手を忍ばせてくるので、楓は自身の右手を絡めた。固く手を握り合い、目を閉じる。温かくて大きな雪禎の手は安心する。隣にいる夫は頼もしく、誰よりも近くにいてくれる。

(この方はわたしを抱きたいと思ってくださっているのだわ)

雪禎は言った。ずっと抱きたいと思っていると。しかし、楓の心が動いてからにしたいと。

軍部の人間として、最初は楓の近づいてきた目的を訝《いぶか》しんだこともあっただろう。しかし、そういった事情がないとわかってからは、おそらくは楓のために距離を取ってくれていたのだ。

(遠慮はしないとおっしゃっていたけれど、いつもこの距離)

楓は目をつむり、温かな手の温度にまどろみながら、かすかな物足りなさも感じている。

岩津家から帰宅したあの日のように抱きしめてもらえたら、もっともっと嬉しい。

雪禎の腕の中で、彼の香りを感じながら目を閉じる至福。

（わたしから抱いてくださいなどとは言えないし）

楓の気持ちはもう動いている。雪禎に対して胸がそわそわするような、手足がじんとするような、甘い感情がある。それは日増しに強くなっていく。

しかし、それを言葉にはできないのである。ねだるようなことはしたなくてできない。

「楓、よく眠りなさい」

もぞもぞとしているのを気づかれたようで、雪禎の左手の親指が、楓の手の甲を何度も何度もさすりだす。その優しい接触にも胸が高鳴ってしまうというのに。不思議なもので、そうしているうち、楓は穏やかな眠りについていた。


食事会は週末と決まった。小松菜とはつか大根という主の品は家にあり、他の食材も御用聞きに持ってきてもらえる。しかし、いつも生鮮を届けてくれる御用聞きにマクワウリを頼んだら手に入らなかったというのだ。

この時期のマクワウリはとても甘くて楓の好物である。甘いものが好きな雪禎にも、スエにも作典にも食べてもらいたい。特に虎柄のものが美味しかった記憶があるのだが、御用聞きは扱っていないというのだ。

「神田多町《かんだたちょう》に行けばあるかしら」

縞田の家のお使いで青物市場のある神田多町にはたまに歩いていった。そこで虎柄のマクワウリを見かけた覚えがあるのだ。時期も確かこの初夏だったように思う。

「虎柄というと、西瓜じゃないのかい?」

買い物に同行すると申し出てくれた雪禎が尋ねる。夫は珍しく連休である。神田までは距離があるので、人力車の停車場まで歩き車を頼んだ。

「同じウリではございますけれど、西瓜とは違います。中身は赤くないんです。黄緑だったような」

「虎柄のウリの漬物は見たことがある気がするね」

「甘いんですよ、そのウリは」

「そうかそうか」

楓が真剣に説明する様が面白いようで、雪禎は微笑んでいる。こういうとき、どうしても子ども扱いされているように感じてしまう。

確かに雪禎にとっては随分年下で、子どものように見えるかもしれないが、一応妻なのだ。

「青物市場は面白い食材もあるだろう。ゆっくり買い物しよう」

「雪禎様、すみません。せっかくのお休みなのに二日ともわたしの我儘《わがまま》に付き合わせてしまって」

「いいんだよ。おまえとすることはなんでも楽しい。それに、週が明ければ富士の麓で演習だ。留守居を任せてしまってすまないな」

「いえ、お勤めご苦労様です。留守番をしっかり務めますので、ご安心くださいませ」

本音は寂しい。雪禎と暮らすようになって三月半ほど。雪禎が仕事で何日も家を空けるのは、この機会が初である。

「明日は楽しい会にしよう。スエと作典に楓を頼まなければならないしね」

「ご心配はいりません」

「私が勝手に心配しているのさ。新妻と離れるのは少し寂しい」

頼りないと思われているのではなく、雪禎も同じような心地でいてくれるなら嬉しい。楓はにやけてしまいそうになる頬を押さえ、表情を隠すようにうつむいた。

神田の青物市場は多くの買い物客で賑わっていた。

「久しぶりに参りましたが、活気がありますね」

「私は初めて来たよ。威勢のいい声が聞こえる」

江戸時代から続く庶民の台所である。行き交う人々に、商売人の声。店もあれば、露天もある。

楓は雪禎と並んで、見分しながら歩く。

「セリとウドを少し買いたいです」

「ああ、包んでもらおう」

単衣の和装で歩く雪禎は、普段のきりりとした軍服姿と違い世慣れた粋な男性に見えた。前髪を下ろしているせいでもあるだろう。

「楓、あの店の軒先に並んでいるのがそのマクワウリじゃないかい？」

雪禎の指さす先を見て楓は声をあげた。

「そうです。確かに」

「なかなか立派だ。風呂敷を持ってきてよかったな」

目的のマクワウリを手にふたりは顔を見合わせた。いい買い物ができたと満足な気持ちになる。

すると、不意に背後から声が聞こえた。

「雪禎様ではございませんか」

振り向くとそこには中年の男女がいる。

「おお、久しぶりだね」

「やはり雪禎様で。雪禎様ほどの男前、見間違えるはずはないと思っていました」

男のほうが、へへと鼻の下をこする。ふたりとも紬などを着て、女性は髷を結っている。一見して町人風だ。

「楓、彼らは岩津本家で長く働いてくれた夫婦でね。今は上野のほうで商いをやっている。……ふたりともこれはうちの妻」

雪禎が紹介してくれ、楓は頭を下げた。ふたりは楓が嫁入りしてくる前に岩津の家から離れたようで、楓を見て屈託なく言う。

「これはこれは、雪禎様がご結婚とは。おめでとうございます」

「お美しい奥様で。美男美女ですねえ」

楓はなんとなく困ってしまった。このふたりも楓の素性を知れば、こんなふうに邪気なく祝ってはくれないのではなかろうか。

楓は自身の出自を隠すつもりはない。岩津家に露見した以上、自分ひとりが隠そうと奔走する理由もない。両家の台所事情も知った今では、実家・縞田の盛衰は楓の結婚ひとつでどうこうできるものではないだろう。

今後、誰かに問われれば包み隠さず話すつもりではある。もちろん、軍人の細君の身上《しんじょう》を聞きたがるような人物が現れ、それが必要な場合であればだが。

一方で、女中を妻にしたという事実が、雪禎にどんな影響を与えるかが楓にはわからない。

雪禎は気にしないどころか慈しんでくれる。しかし、世の人が見たときにどう思うだろうか。あれほど立派な人ならもっといいところから嫁を迎えられたのではと陰口をたたかれないだろうか。雪禎の人生や、出世に影響はしないだろうか。

それを不安視しているから、岩津家はいまだ自分たちの仲を認めていないのだ。考えだすと、暗い気持ちが止まらなくなってしまう。

「えっと、雪禎様、買い忘れがございました。急いで買ってまいりますので、お話をしていらしてください」

積もる話に交じりづらく、また暗澹《あんたん》とした気持ちが表情に出てしまいそうで、楓は場を辞し今来た道を小走りに戻り始めた。

雪禎はきっと楓に堂々としていることを求めるだろう。楓もそうしたく思っている。しかし、どうしても自身の生まれが雪禎の人生を汚しているように思えてならない。ふとした瞬間に不安になるのだ。

「おい」

突如、横から声をかけられた。自分のことと思わずに通り過ぎると、回り込んだ影が通せんぼするように立ち塞がる。なんだろう、と楓は見上げた。

「おまえさん、〝おかえ〟か？」

古い名で楓を呼んだのは見た顔だった。縞田の近所にあった魚河岸で荷下ろしをしていた長吉《ちょうきち》という男である。魚河岸の旦那に気に入られ、平田船を一艘《いっそう》任されていると聞いた。なぜ、そんな事情を知っているかといえば、当時この男がしきりに楓を誘いに来ていたからだ。

「え、えと」

楓は困った。なんと答えたらいいかわからなかったのだ。

表向き、縞田の女中・おかえは病で仕事を辞めたことになっているはず。そして、長吉からの好意を楓はずっと拒否し続けてきた。

縞田から出るも出ないも自分の一存で決められる身ではなかったし、何よりこの男の粗野で強引な雰囲気が苦手だった。

「立派な着物なんか着て、どこぞのおかみさんみたいじゃないか。どうした、縞田で姿が見えなくなったと思ったら」

何を答えても、誰かの不利益になりそうだった。この調子では知らないふりも通用しないだろう。

右手首を掴まれた。咄嗟に身を引こうとしたが、力仕事が得意な相手である。いかに力持ちの楓とはいえ、果たせない。

「離してください。人を呼びますよ」

「まあ、逃げるなよ。はは あ、もしかしてあの噂は本当か」

長吉は考えるように顎を上げてから、下卑た笑いを浮かべた。

「縞田の女中の中に、金持ちのお妾になった女がいるって河岸でいっとき噂になったんだよ。そりゃ、おまえか、おかえ」

身を強張らせるほど、手首の戒めが強くなる。困惑する楓を引き寄せ、長吉が腰を抱いた。雪禎以外の男性に触れられ、全身がにわかに総毛立った。

「なんでも、えらい大金を積まれて縞田の主人が喜んで差し出したって話じゃねえか。あの頃からツラだけは太夫みてえだったもんなあ」

なれなれしく言って、耳元でささやいてくる。

「今日はどうした？　旦那はいねえのか？　囲われてるお屋敷はこの辺なのか？」

「離してください！」

楓は内心の狼狽と恐怖を隠して、毅然《きぜん》と言った。弱腰の対応は相手をつけ上がらせるし、軍人の細君として相応しくない。

「あの頃から、おまえに目をつけてたのは俺だぜ？　旦那がいねえなら、ちょっと遊んでいけよ」

「嫌です。離してください！」

「そう言うなって」

「あなたとお話しすることはありません」

どうしよう。大声を出して騒げばいいだろうか。このままでは路地裏に力ずくで連れ込まれてしまう。

後ろから抱きすくめられそうになり、楓はいよいよ身をよじって暴れた。

「離して！」

「おい、騒ぐな」

そのときだ。楓を戒める力が消えた。男の呻《うめ》き声が聞こえ、楓の身体はすぐさまよく知った腕に抱き寄せられる。香りで顔を見ずともわかった。

「雪禎様！」

雪禎が楓をかばうように抱き寄せていた。どうやら、長吉は雪禎の手で楓から引きはがされ、地べたに転がされたようである。

「てめえ！」

気色ばむ長吉を、雪禎が泰然と見下ろした。その目は凍てついた氷より冷たい。

「妻が何か？」

底冷えする声に楓のほうがぞっとしたくらいだ。見上げた美しい顔はまったくの無表情で恐ろしいほど。迫力が全身からにじみ出ていた。

「あ、あんたか。この女中の旦那様は。俺はこのおかえの古馴染みでなあ」

長吉は明らかに雪禎に気圧されている。だからこそだろうか。一矢報いてやろうとばかりにひきつった顔をにやけさせて言うのだ。

「このおかえを女にしたのは俺だぜ。それなのに、おかえときたら俺を捨ててこんな色男の妾に収まっちまうとは」

「嘘です！　そんなことあるはずがありません！」

楓は泣きそうな気持ちで叫んだ。誰に何を言われても構わない。しかし、雪禎にだけは誤解されたくない。

雪禎は楓を胸に抱き寄せ、額に頬擦りをする。背を撫でさする手は限りなく優しい。

「なあ、魚河岸の」

一方でその口から男に向けて放たれる言葉は、切っ先鋭い刃だ。

「誰と勘違いしているか知らないが、我が妻に気安く触れ、さらには妾だなんだと好き勝手言ってくれたな。妻はおまえのような男は知らん。これ以上、妻の名誉を傷つけるのなら、相応の覚悟はしてもらわねばならんぞ」

長吉が喉を鳴らして黙った。雪禎の手に武器はない。身なりは軍服でもない。しかし、ひとりの男としてこの人物には勝てないと思わせる気迫があった。

同時に楓は気づいていた。雪禎はこの男の素性を知っている。魚河岸の、と呼びかけていたのだから。

「二度と妻に話しかけるな。行け」

雪禎の言葉をきっかけに、長吉は忌々しそうに、しかし忙しく立ち去っていった。

「雪禎様……ありがとうございます」

「怖い思いをさせた。すまない、楓」

「あの男は」

どうしても自分の口で否定したくて見上げると、雪禎は悠然と微笑んで答える。

「ああ、日本橋魚河岸の長吉という男だね。楓に熱を上げていたんだろう。中川屋《なかがわや》の旦那に平田船を任されていたそうだけれど、博打にうつつを抜かして近頃放逐されたそうだ。脅かしておいたし、もう顔を合わせても楓に寄ってはこないさ」

言葉をなくす楓に、さも当然とばかりに雪禎はつけ加えた。

「おまえのことは大抵調べてしまったからね。たぶん、おまえの父親より詳しいよ」

「はあ、ありがとうございます……」

お礼を言うのが正しかったのかわからないが、雪禎が満足そうに「マクワウリが割れずに済んだ」と言っていたところを見ると、場合によっては実力行使に出るつもりだったのだろう。それならば、これでよかったのだ。

「雪禎様、ご心配をおかけしました」

「おまえをひとりで行かせた私の責任だ。楓にはどうか、自分を引け目に感じないでほしい」

ああ、やはり気づいていたのだ。岩津家の関係者に、紹介できる身分でない自分。自分のせいで雪禎の評価が下がるのではないかという不安。

雪禎の手がうつむいた楓の頬をやわらかく撫で、顔を上げさせる。

「楓は私の大事な妻だ。それがすべてだよ。わかったね」

「はい」

夫に見合う妻でないと思うことは、この方にとっても申し訳ないことなのではないだろうか。

しかし、それはあくまで雪禎と自分の間だけの話。周囲の目や、岩津本家の考え方まではわからない。ただ、今は望んでくれる雪禎のために、誠心誠意仕えよう。

楓はそう思い、雪禎の瞳を見つめた。


翌日、スエと作典を招いて、畑の実りを楽しむ食事会が執り行われた。

小松菜は油揚げと煮こみ、炊き立ての白米と混ぜごはんにした。さらにおひたしにも味噌汁にも入れる。はつか大根は漬物と生のまま並べた。買い出しで仕入れてきた魚やウドを天ぷらにして、マクワウリも並べる。

「まあ、まあ」

スエは大喜びで何度も『まあ』を繰り返していた。名目はスエの全快祝いである。

「雪禎様も畑を手伝ったんでしょう？　子どもの頃の夢が叶《かな》ったじゃないですか」

「そうだな」

作典が言うのは、雪禎が子どもの時分、自宅に野菜畑を欲しがったという逸話だろう。楓の知らない幼い雪禎。

「よかったですよ。あの頃、畑作りを強行されなくて。雪禎様が畑なんかやりだしたら、どうせ俺が手伝うはめになるんですから」

「作典はいつだって私の相棒役だったじゃないか」

「だからですよ。旦那様が畑はいかんと言ってくださってよかった。あのときほど、岩津の旦那様に感謝したことはありません」

くすくす笑う楓に、作典は抜け目なく言う。

「奥様、小松菜もはつか大根も立派です。これは胡瓜や茄子も期待しておりますね」

「意地汚いことを言うもんじゃないよ」

スエが険しい顔をして突っ込む。楓は嬉しかった。今日の野菜のみならず、これから実る夏野菜もふたりに食べてほしい。

「またやりましょう。畑の実りを楽しむ会を」

「季節ごとにすればいいさ」

雪禎も頷いた。

「楓と私には、家族と呼べるのがスエと作典しかいないからな。食べさせたいのはふたりくらいだ」

「あらあら、そんなことを言っていられるのは今だけですわよ」

スエがにっこりと笑った。

「そのうち、おふたりの間に可愛いややが」

「おふくろ、気が早い」

今度は作典が注意する番だった。雪禎が苦笑いする横で、楓はひとり頬を赤くしていた。


「畑の実りを楽しむ会、第一回は大成功でしたね」

その晩、寝る間際に楓は雪禎に言った。雪禎は楓の手にクリームを塗りこんでくれている。丁寧に指一本一本を手入れされるのは、くすぐったく、そして心地いい。しかし、どうも雪禎の口数が少ないように感じる。今日の会は、雪禎も楽しんでいたように見えたのだが。

「お疲れになりましたか？　雪禎様」

「……昨日のこと」

雪禎が聞き取れないほどの声で呟いた。

「はい、昨日の」

神田多町の青物市場での出来事だろうか。

「もう、ああいった危険に楓をさらしたくない」

「昨日は本当に申し訳ありませんでした。わたしが気をつけていれば済むことでしたのに」

「違う」

雪禎は言葉を切り、楓の手を握る。思いのほか強い力に見上げると、熱心な瞳で見つめてくる雪禎の視線とかち合った。

「私は思ったより独占欲が強い。本当はおまえのことを誰にも見せたくないんだよ。この屋敷に閉じ込めて、何もさせずにいたい」

雪禎の口調は寂しげで焦燥すら感じる。普段と違う様子に、楓のほうが焦ってしまう。

「雪禎様……」

「私だけを見て、微笑んでくれる楓でいてほしい。家事も勉学もしなくていい。私のためだけに生きてほしい。……だけど、そんなのはおまえが嫌だろう？」

楓は暫時返す言葉に悩んだ。しかし、ごまかすような物言いはしたくないと思った。もう隠しごとはないのだ。長くともに過ごす家族として、気持ちには素直でありたい。

「わたしはとうに雪禎様ひとりのものです。雪禎様のためだけに生きます。雪禎様が望むなら、そのようにいたします」

雪禎が望むのがそういった浮世離れした存在なら、それになる。所帯じみた姿は見せず、天女のように振る舞う。

「ですが……」

「いい。言ってごらん。おまえの思う通りに」

「雪禎様の元へ嫁ぎ、わたしはようやく陽の光を浴びたように思います。見えなかったものが見えてきました」

大事な人と囲む食卓、学ぶ喜び、労働の楽しさ。日々の数えきれない幸福は雪禎との暮らしで知ったものだ。この数ヵ月は、楓のこれまでの十八年間よりずっと濃厚な時間に思えた。

「叶うなら、雪禎様のお傍でもっといろいろな世界を見たいです。あらゆることを知りたいです」

「ああ、それでいい」

雪禎が低く言った。自分に言い聞かせるような口調だった。

「私が一番それを望んでいる。楓が、ひとりの女性として、人間として幸福な生活を送れるようにしたいのだから」

「雪禎様」

名を呼び終わるより先に抱き寄せられた。

「おまえと出会ってから忙しいよ。おまえを誰より幸せな淑女にしたい気持ちと、私だけのものにして閉じ込めておきたい気持ちが、入れ代わり立ち代わり浮かんでくる」

雪禎のため息交じりの言葉が身体に心に沁《し》みてくる。じんと心が熱く痺《しび》れ、ぞくぞくするような幸福を感じた。

(もしかして、わたしはものすごくこの方に想われているのではないかしら)

自意識過剰ではなく雪禎の言葉には深い愛着が感じられた。独占欲と情熱。愛着と執着。

そして、この愛しい人の不安を慰めてあげられるのも自分だけなのだ。

「あの」

楓は雪禎の背におずおずと手を回し、着物をきゅっと握った。勇気を振り絞って言う。

「雪禎様の印を……」

雪禎がぴくりと身体を震わせ、わずかに抱擁を緩める。間近く覗き込んだ端整な顔は、頬が赤らみ困ったような表情だった。

「それは男を煽《あお》る言葉だと知っているかい？」

楓は真っ赤になりながら必死に続けた。

「知りません。雪禎様に……つけていただきたいんです。……あなたのものである証を……。雪禎様の妻ですから」

「困ったな」

そう言いながら雪禎は楓をやわらかく押し倒す。布団に仰向けに転がされたと思ったら、雪禎の熱い唇が首筋に落ちてきた。

「ん……や」

痛いのではない。嫌なのではない。

心臓が苦しくて身体が熱いのだ。

鎖骨の少し上に、わずかな痛みと熱を残して赤い刻印は刻まれた。

「楓、これ以上は煽らないでくれよ」

耳朶に口づけられ、楓はとろけそうに力の抜けた身体を雪禎の腕に預けて目を閉じた。

このままどうにでもされてしまいたい。煽れるものなら煽ってしまいたい。

しかし、雪禎が心から欲してくれるときがいいのだ。

「雪禎様」

気持ちは徐々に育っている。実りは心にある。そう感じた。

八　恋情

　暑い季節がやってきた。七月に入り日中は強い日差しが降り注ぐ。畑の茄子は紫色の花が咲き、終わったものには小さな実が確認できる。胡瓜も黄色の花がついている。根元が長く伸びれば収穫だ。

「気持ちのいい朝」

　楓は井戸水で顔を洗い、今日も水甕に水を汲む。台所に担いで戻るだけで汗が噴き出た。まだ早朝なのにこの気温である。日中はもっと暑くなるだろう。

　竈に火を入れ、米を炊き始めるとスエが顔を出した。最近は少しゆっくり来てもらうようにしている。楓の嫁入りから三月半、家事も慣れてきた分、スエには楽をしてもらいたいのだ。

「おはようございます、奥様。雪禎様は昨晩お戻りでしたね」

「スエさん、おはようございます。ええ、まだぐっすりだと思うのですが」

　連隊の演習があり、雪禎は五日間出張であった。楓は寂しさを隠して、日々粛々と家事に勉強にと励んで雪禎を待った。

昨晩の再会は嬉しくて、少々はしゃいでしまった自覚はあるが、雪禎は相変わらず穏やかで優しかった。楓の数日分の学習成果を丁寧に確認し、クリームを互いの手に塗り合い、寄り添って眠った。

「そうそう奥様、今日は坂の下の豆腐屋で豆腐を特売すると聞きましたよ」

「あら、本当ですか。じゃあ、夕餉は冷ややっこをつけましょう」

「氷もいりますねえ」

「昼頃、氷屋が通ると思います」

並んで朝餉の準備をしつつ、そんな会話をする。楓にとって、スエは頼りになる女中であり、母親のように感じることもある。

自身の母親のことは、もうあまり覚えていない。美人で小唄がうまかったというくらいがかすかな記憶だ。だからこそ、スエの優しい心遣いに、親愛を覚え安心していた。

朝餉が出来上がる頃が、雪禎を起こすのにちょうどいい時刻である。だいたい楓が朝を告げに行く頃には雪禎も目覚めている。日の長い夏場は特に。

今日くらいはもう少し寝ていればいいと思うのに、やはり雪禎は起きだしていた。

「お布団、畳んでくださったのですか？」

室内は整頓され、雪禎は寝間着の浴衣のまま、文机で書き物をしているようだった。

楓は目覚めるとき、隣の雪禎を起こさないようにその場で畳むだけにしておき、後でまとめて片付けるようにしている。しかし、今日は雪禎がふたり分の布団を押し入れに片付けた後であった。

「干すつもりだったかい？　それなら、手伝うよ」

「いえ、干すのは明日にするつもりでしたので。ありがとうございます、雪禎様」

雪禎が手招きするので、寄っていくと腰を抱かれ、膝の上にのせられてしまった。

「雪禎様!?　どうなさいましたか？」

「髪がほつれているので直してやろうかと思ってね」

最近、自分で簡単な束髪を結うのだが、先ほど台所の壁の釘《くぎ》に髪の毛を引っかけた覚えはあった。

「雪禎様、遅れてしまいます。自分で結えますので」

「遅れないよ。このまま、おまえと睦み合っていれば遅れるけれど」

いたずらっぽくささやき、それでも手早く楓の髪を直してくれる。本当に器用な人だと楓は思う。

「朝餉の準備ができました」

「ああ。今行くよ。そうだ、楓。今日この手紙を出しておいてくれるかい」

雪禎はようやく楓を解放し、今しがたまで書いていた便箋を折って封筒に入れた。

「はい、かしこまりました」

「退役した大叔父への手紙なんだ。大叔父は母方だから岩津家ではないんだが、日露戦争で武功抜群の勲章をもらっていてね。大叔父のおかげで私は帝国陸軍に入れてもらったようなものさ」

「そんな、雪禎様のお力です」

「陸軍幼年学校は身内に軍人がいると入りやすいんだよ。私は算術も得意だったし、身体も頑健だったからね。まあ、運がよかった」

雪禎はそう言うが、誰しもが下士官になれるわけではない。それに雪禎の年齢で大尉となるのはそれなりに優れた人物でなければならないはずだ。確か雪禎は陸軍大学校も二十代半ばで出ている。

「雪禎様がお休みの日に、木剣を素振りしていらっしゃるのも、錘《おもり》を運んで鍛えていらっしゃるのも知っております」

「退屈しのぎさ。号令をかける身の上で、あまり頼りない体躯《たいく》じゃあ兵の士気が下がると思ってのことだよ」

ほら、朝餉に行こう、と雪禎は楓を立たせる。なんとなく、これ以上褒められたりはしたくない様子なので、楓は素直に従った。

朝餉を終え雪禎を送りだし、いつものように洗濯をした。この頃には陽はすっかり昇りきり、眩《まぶ》しい光が庭に注いでいる。きっと洗濯物は昼までに乾いてしまうだろう。

「あれ、この鞄《かばん》は」

玄関先でスエが声をあげた。洗濯籠を手に行ってみると、玄関の靴入れの近くに雪禎の鞄がひとつ置いてあった。いつも出かけるときの鞄ではないが、たまにこちらも一緒に持って出勤しているのを見かける。

「今日はご入用じゃなかったのかしら」

「それとも忘れ物とか」

スエの言葉にふたりで顔を見合わせてしまった。

もし忘れ物なら、今頃雪禎が難儀しているのではなかろうか。

「まあ、雪禎様に限ってそんなことはありませんわね」

安心させるようにスエが言うが、楓は少し考え答えた。

「スエさん、わたしが届けます。赤坂まで」

「ええ？」

雪禎の所属は帝国陸軍第一師団歩兵第一連隊。駐屯地は赤坂である。雪禎は立場もあって車で送迎をつけているが、ここ麻布からは少々歩けば到着する距離だ。

「ちょうど雪禎様からお手紙を預かっていました。麻布郵便局に立ち寄って、それから行ってきます」

「でも、奥様。女性の行くような場所ではございませんよ」

「女人禁制とは聞いていませんし、おそらく表門に詰所でもございますよね。そこで雪禎様にお渡しいただけるよう頼んでみます」

そうと決まれば早いほうがいい。楓は急いで外出用の単衣に着替えた。汗を拭い、髪も結い直し、荷物を持つ。

止めても無駄だと察しているスエは、楓の外出準備を粛々と手伝う。

「スエさん、氷屋が来たらお願いします」

「はい。お任せくださいな」

「絶対に自分で氷を持っては駄目ですよ。すべて氷屋にしてもらってください。金《かな》盥《だらい》は出しておきましたから」

スエが再び腰を痛めて、身動きが取れなくなってはかなわない。スエも、重々承知しているようで無理はしないと約束をしてくれた。

外はじりじりと焼け付くような暑さだった。時期的に薄物を着るには少々早いが、気温は盛夏といっていい。こめかみから頬につうと汗が伝う。

ひゅうひゅうと風が吹きつけてくるので、その瞬間はとても涼しかった。この風があれば、駒下駄を鳴らしても赤坂あたりまで歩けそうな気もする。まだ屋敷周辺を散策した経験もない。せっかくだから出かけてみよう。

楓は探検するような心地で歩きだした。飯倉片町《いいぐらかたまち》の麻布郵便局に寄り、雪禎に頼まれた手紙を手配する。

それから車の行き交う大きな通りをてくてくと歩いた。埃《ほこり》っぽいけれど、風が吹いているので、汗がちょうどよく冷える。木陰になっているところを選んで、楓は黙々と歩く。

雪禎の仕事場へ向かうということに緊張と興味を覚えていた。

帝国陸軍第一師団歩兵第一連隊の駐屯地は大きな門がそびえ、左右に国旗が掲げられている。門には兵士がひとり背筋を伸ばして直立していた。

想像していたような詰所はない。どうしたものかと考え、門番の兵士に声をかけた。

「あの」

岩津雪禎の妻の楓であると告げ、夫に届け物があって来たという趣旨を説明する。その間に、中から数名の兵士が出てきた。

「岩津大尉の奥様でいらっしゃいますか」

ひとりの兵士が言い、それではと門の中へ楓を招いた。忘れ物を渡してもらうだけでいいと思っていたのだが、本人確認のためもあるようで「岩津大尉をお呼びいたします」とのこと。

案内されて入る駐屯地は、ざっと見回しただけでかなり広い。正面の建屋が第一師団の本部だろうか。横からは訓練の号令が聞こえた。

見れば、土埃を上げ装備を背負った兵士たちが駆け足をしている。怒号が飛び、勇ましくも荒々しい姿に、楓は心臓がどかどかと鳴り響いた。

場違いなところへ来てしまったと思いつつ、雪禎がはたしてこんなところにいるのかと不安にならずにはいられない。

楓の知る雪禎は、穏やかで平和な微笑みをたたえた美しい人である。この土埃の中で訓練に明け暮れているようには思えない。

一方で、岩津家で彼の父と兄と対峙《たいじ》した瞬間や、先日楓を長吉から守った雪禎は、ひとりの男だった。普段、楓の前では見せないたくましく、厳しいまでの姿だった。

実際、休日の屋敷でも運動をし、己を鍛え磨いている。

「奥様、あちらに岩津大尉がいらっしゃいます」

兵士に言われ、楓は弾かれたようにそちらを見た。土煙の向こう、壇上に立つ背の高い軍人は間違いなく雪禎だ。

百五十の中隊の指揮者である。他の隊も練兵中のため、怒号で雪禎の声は聞こえない。しかし、その表情は勇壮な陸軍将校のもの。口を開き、号令する姿は雄々しい獅《し》子《し》の姿に似ていた。

美しく勇ましい。その姿に楓は暫時見惚れた。恐ろしく思うはずがない。雪禎はこんなときも綺麗だ。

「岩津大尉の統べる中隊は歩兵でも猛者ぞろいです。兵は皆、岩津大尉の勇猛さに心酔しておりますよ」

「はい……」

兵士の言葉に楓は深く頷く。以前会った武良少尉も、同じように雪禎を褒めたたえていた。それは楓にとって誇らしく嬉しいものだった。

通常兵士の客は食堂などに通されるらしいが、将校の細君であるため、楓は簡素ではあるが応接室に通された。ここで雪禎が来るのを待ってほしいとのことだった。

「訓練中に来てしまって申し訳ないわ」

楓は窓から練兵の様子を眺める。雪禎の隊は見えないが、兵士たちが駆け抜けていく姿が見えた。

まだ時間がかかるだろう。御手水を借りようと応接室の外へ出た。ここを使ってくださいと先ほど兵士に指示された廊下の奥の御手水へ行き、用を済ませて廊下に戻る。

すると、兵士が三人ほど歩いてくるのが見えた。

楓のいる応接室の前は出っ張った柱があるせいで死角になっているのか、彼らからは見えない様子。咄嗟に楓が身を隠してしまったのは、彼らの会話の内容が聞こえたためだった。

「岩津大尉の奥方が来ているらしいぞ」

「別嬪《べっぴん》だと聞いたが、あのなよなよとした男が女など抱けるのかね」

そこで笑い声が起こる。楓は柱の陰でじっと拳を握りしめた。男たちは楓に気づくことなく話しながら歩いている。

「家柄はご立派だが、所詮公家華族だろ。戦場でお公家に何ができる。どうせ、銃剣も重たくて持っていられんよ。横の武良少尉あたりにおっつけて、偉そうに威張ってるに違いない」

「仕方ないさ。稚児で成り上がったのだから」

「あの顔だものな。狂わされたお偉方はさぞ多くいるだろう」

「そりゃ、大将たちとの寝屋が忙しくて、別嬪の細君を抱いてる暇がないな」

大きな笑い声。稚児とは、愛人のことだ。雪禎が男性将校たちの愛人をして成り上がったと、この男たちは言っているのだろうか。

怒りが身体の底から湧き上がってきた。それは楓にとって感じたことのない感情の奔流だった。今までどんなに悲しい目に遭っても、これほどまでに腹立たしく、臓腑《ぞうふ》が煮えるような心地を覚えたことはない。

楓は拳を握りしめ、兵士たちの前に飛び出そうかと逡巡《しゅんじゅん》した。雪禎への愚弄《ぐろう》を撤回させなければならない。

そのとき、楓の両肩に温かな手が置かれた。

「しぃ」

耳元でささやかれたのは愛しい人の声。横に顔を捻じれば、そこには雪禎がいる。廊下を逆方向からやってきたらしい。

雪禎はなおも低く言う。

「言わせておきなさい」

「でも」

「ほら、中へ。お茶を用意したから飲もう」

雪禎は訓練から駆けつけてくれたのだろう。軍服には土埃がついていたし、頬には汗が浮かんでいた。

応接室に入ると、すぐに武良少尉がお茶を持って入ってきた。

「奥様、先だっては失礼しました」

明朗な声。楓はまだ落ち着けずに頷くばかりだ。

「私の忘れ物を届けに来てくれたんだね。すまない。今日はこの書類は使わないものだと、玄関先で思いだしてね。おまえとスエにきちんと言っておかなかった私が悪いね」

「いえ……勝手をしまして申し訳ありません」

楓はうつむき、そう返すので精一杯だった。まだ身体が怒りで震えている。

「岩津大尉、仕事中に奥様のお顔を見られて元気が出ましたね」

「ああ、ついでに里心もついて、今日はもう帰りたくなってしまった」

「許しませんよ」

雪禎と武良が軽口をたたいて笑い合っている。

楓は信じられないような気持ちだった。雪禎だって聞いていたのだ。自分自身への中傷を。それなのに、何も気にしていないような素振りでいる。

なんとも思わないのだろうか。悔しくはないのだろうか。

「武良少尉、妻を送ってやってくれないか。俺が同行すると、一緒に帰ってしまいそうだ」

「そりゃあ、いけませんね。奥様、車を手配しますので参りましょう」

武良が人懐っこく微笑み、楓の前に立つ。立ち上がった楓に、雪禎は微笑みかけた。

「楓、本当にありがとう。今日はいい風が吹いているから、帰ったら夕涼みをしようか」

「はい……お帰りをお待ちしております」

楓はかすれた声で言い、頭を下げた。

麻布の邸宅に戻ってきてからも、楓はぼうっとしていた。激しい怒りが表に出てくることはないが、どうしてという気持ちが消えない。雪禎を陰で罵っていた男たち。それを知りながら知らん顔をしていた雪禎。

堂々と糾弾してほしかった。あんなふうに言われっぱなしでいるのは、連中を増長させるはずだ。あることないこと言われるのを放置していていいはずがない。

スエは楓が浮かない顔をしているのに気づいている様子ではあったが、何も言ってこなかった。楓の代わりに豆腐屋の特売に行ってくれたので、氷水に泳がされた豆腐で夕餉は冷ややっこができそうだ。

まだ日の沈みきらないうちに雪禎が帰宅した。

「暑い、暑い。先に風呂をもらうよ」

屈託なく言う雪禎は、やはり日中のことを気にしている様子はない。風呂に入り、スエを見送るとふたりで夕餉を済ませた。みょうがをたくさんのせた冷ややっこが美味しいと雪禎は嬉しそうだった。

夏の遅い日が暮れていく。日中の熱気は残っているが、風は相変わらず吹いていて、ちょうどいい体感気温だ。

「楓、夕涼みをしないか」

雪禎が蚊取り線香に火をつけ、縁側に置いた。楓は夕餉の片付けの手を止めた。食器は洗い終え、丸卓を拭いていたところなのでほぼ片付けも終わっている。

「はい」

縁側に並んで腰かけた。日暮の声が聞こえた。

「昼間はすまなかったね。嫌な思いをさせた」

雪禎はこちらを見ずに空を眺めている。東向きの縁側と庭、ふたりの頭上にはもう深い群青色が広がり始めていた。

「わたしは嫌な思いなどは」

「ずっと困った顔をしているよ。眉が八の字だ」

そう言ってくすくす笑う雪禎に、楓はぐっと詰まりうつむく。それから思い切って向き直った。唇が震える。悔しいという気持ちが噴出してきて、顔が歪んだ。

「雪禎様」

「なんだい」

「あのような輩に、好き勝手言わせていていいのですか？」

楓の様子に、雪禎が目を丸くする。

「怒ってくれているのかい？」

「当たり前です！……雪禎様は、あのような嘘八百で貶《おとし》められていい方ではありません！ ご立派な方です！」

「彼らは言いたいだけさ。単純に嫉妬。いちいち気に病むことではないよ」

一度丸く見開いた目を優しく細め、雪禎は微笑む。口調は子どもに言い聞かせるようだ。

「どこの世界も一緒だろう。多く持っているものは妬まれる。産まれた家がよければ、無条件に上に行けると彼らは思っているんだろう。こちらの努力も中身も、知る気がないのさ」

「でも……！」

「あとはほら、私は顔が女性みたいに可憐《かれん》だろう？　それをからかいたいんだ。実際青年将校と呼ばれた時代は、上官同輩の何人かに熱烈な誘いをかけられたよ。丁重にお断りしたけれど」

涙ぐんだ楓をなだめたいのか、雪禎がおどけた口調で茶化す。

楓は首を振った。雪禎に気を遣わせている自分も嫌だ。しかし、この気持ちを言葉にせずにはいられない。

「あんなことを……事実ではないのに」

「何も恥ずべきことはない。言いたいやつには言わせておくだけさ」

「でも、わたしは悔しいです！　雪禎様はこんなに素敵なのに。お優しく努力家でいらっしゃるのに。雪禎様を知ろうともしないで貶《けな》して喜んでいるあの輩が許せません！」

「私のために怒ってくれてありがとう。だけど、おまえの顔を曇らせてしまったのは、私の失策だね」

楓の顎をとらえ、顔を上向かせると、雪禎は親指で丁寧に涙を拭ってくれる。

「次はおまえの名誉のために抗議することにしようか」

「いいえ、いいえ……！」

違う。そうではないのだ。雪禎が自慢できる夫であることが、楓の誇りなのではない。

ただひとり愛しく思う男が傷つけられた事実が、許せなかったのだ。その夫こそが懐深く、些末《さまつ》なことを気にしないと言っているのに、楓だけが苛立ちを抑えきれないでいる。

「こんな気持ちは初めてなのです」

楓は顔をくしゃくしゃにし、絞り出すように言う。目尻から新たな涙がこぼれ、雪禎がそれを拭った。

「自分のことならこうはなりません。誰かがあなたに悪意を向けるのが許せない」

雪禎の綺麗な面を見つめ、楓は溢れる気持ちのままに告げた。

「雪禎様をお慕いしています。心から」

「楓……」

「好きです……あなたが……この世の誰よりも……」

言葉が終わる前に唇が重なった。それはふたりの間で交わされた初めての接吻だった。

やわく重なり離れる。視線が絡む。

「ゆきさだ……さま……」

「言葉にしてくれたのは初めてだね」

つい先ほどまでの雪禎とは明らかに様子が違う。

頬が淡く赤い。瞳は興奮からきらきらと輝き、嬉しそうな微笑みは今まで見たどれより綺麗で、子どものように無邪気だった。

「私も楓が好きだよ。この世の誰よりも愛おしい」

雪禎の言う通り言葉にしたのは初めてだった。溢れるような気持ちは、もう抑えきれなかった。

愛おしそうに雪禎がこめかみに頬擦りをしてくる。

「ふふ、浮かれてしまうな。やっと楓に好いてもらえた」

「わたしは……！　たぶん、出会ったときから……」

「言葉にできるまで、楓の心が育った。それが嬉しい」

出会ったときから惹《ひ》かれていた。三月半の時間をかけ、憧れから芽吹いた恋情は、健やかに蔓《つる》を伸ばしていったのだ。

「わたし……雪禎様の妻になれて幸せです。本当のわたしを知っても嫌いにならないでいてくださった」

「おまえこそ、私みたいな貧乏華族の次男坊のところに嫁いできて、誠心誠意尽くしてくれて、言葉もないほど感謝しているよ」

「好きです。雪禎様」

「私もだよ。可愛いな、楓」

雪禎が抱き寄せた楓を縁側にやわらかく組み敷く。板敷の床は夜風で少し冷えていた。しかし楓の全身は興奮で熱く火照っていた。

「今日はもう少しだけもらおうか」

そう言うなり口づけられた。重なった唇は何度も角度を変えて交わり、その感触だけで身もだえするほど心地いい。

互いの息が絡み、粘膜が触れ合う。薄く開けた唇の隙間から熱い舌が滑り込んできて、楓はその感触に背をしならせた。びりびりと身体の芯が震える。

「んっ、く……」

力を抜けと言わんばかりに、優しく口腔を撫でさする舌先。とろかされてしまいそうだ。

深い接吻に混乱していた心が、歓喜に染まり、その奥に未知の感覚を覚え始める。

それが性的な快感であると、楓はまだ知らない。必死に雪禎の浴衣の袖を握りしめ、与えられる甘い接吻に溺れた。

「このまま抱いてしまいたい」

唇が離れる。目の前には頬を上気させ、目を細めて笑う雪禎の顔。なんとも艶やかで色っぽい。

楓は全身が心臓そのものになってしまったような感覚と、甘く痺れるような感覚を同時に味わっていた。

「雪禎様の……ものです」

抱かれたい。それがどういう行為か楓にはまだわからないけれど、気持ちが通じ合ったこの瞬間に、完全に雪禎のものになってしまいたい。

すると、雪禎がさらに目を三日月のように細め、ふっと笑った。

「今日はここまでだよ」

「え」

「やっと私を好きになってくれた楓だもの。今日から時折この接吻を思いだして落ち着かなくなればいい」

雪禎は楽しそうに言う。

「おまえが私を想って頬を赤らめたり、期待で落ち着かなくなっている様が見たいんだ。私でいっぱいになったおまえはきっとすごく可愛いから」

「……それはものすごく……意地悪な趣向ですね……」

頬を熱くしたまま、困った顔で言う楓に、雪禎が耐えきれないというように笑い声をあげた。

「すまないね。私はおまえが思う以上に新妻に夢中なんだ。もっともっとおまえのいろんな顔を見たいんだよ。それに」

ちゅ、と再び接吻を落とし、雪禎が言った。

「今ものすごく嬉しくてね。このまま楓を抱いたら、めちゃくちゃに抱きつぶしてしまいそうだ。私の愛でおまえを寝込ませたくない」

「寝込……え？」

「おまえがもう少しこういったことに慣れ、私が余裕を持っておまえに触れられるようになってからね」

雪禎の意地悪な笑顔に、楓はただただ赤面するしかできない。

「はい……」

それでも気持ちを伝え合えた実感はじんわりと身体と心を熱くし、いつまでも余韻のように楓を包んだ。

夕闇の中、ふたりは再びじっくりと互いの唇を重ねる。汗ばんだ肌に夜風が気持ちよかった。

九　姉妹

　七月半ばである。楓は暑い日差しの下、門の外の道路に水を撒いていた。ひしゃくの水はきらきらと陽光を反射し、地面に落ちる。一瞬の涼を感じる光景だ。今年の夏は例年より暑いらしいと、屋敷に来る御用聞きが言っていた。

　祝言から間もなく四ヵ月が経とうとしている。楓はまだ乙女のままだが、雪禎との距離はぐんと縮まったように思っている。

　雪禎は楓に対して、以前と変わらない穏やかな態度を見せる。

勉強を見てくれ、手を繋いで眠ってくれる。一方で、言動の端々に艶めく感情が交じるようになった。甘い言葉は楓に期待を持たせるものだし、意地悪な言葉は楓の反応を楽しむものだ。楓が困ったり頬を赤らめれば、満足そうに微笑んでいる。

　穏やかで優しい顔の奥に、楓を独占し思うままにしたいという欲求が見えると、楓はもうどうしたらいいかわからないほど嬉しくなってしまう。雪禎の中で特別な存在なのだと実感する。

　楓の伝えた恋心、雪禎の強い愛着。夕涼みの晩に交わした深い接吻は、今までのどの瞬間よりも濃密な愛の時間だった。

もっと先があるなら、いずれは体験してみたい。されど、急がなくてもいい。触れ合えそうで触れ合えない今の距離もたまらなく愛しいからだ。

「ふう」

桶の水をすべて撒き終え、楓は顔を上げる。日差しに一瞬目がくらんだ。

「楓？」

その声は横から聞こえた。首を巡らせるとそこに懐かしい人がいた。銘仙の薄物を着て、銀杏《いちょう》返しに髪を結っている小柄な美人だ。

「巻姉さん？」

「楓、楓だね。綺麗になって」

楓の異母姉・巻だった。昨年、瓦職人の男と駆け落ちしたはずである。どうしたことか、手には風呂敷、足袋は汚れ、随分長く歩いてきたような様子なのだ。

「姉さん、どうなすったの？　今はどちらへ？　恋仲のあの方は？」

「ああ、あんなの捨ててやったよ。働きもしないで賭場《とば》に出入りしてさぁ」

景気よく笑う巻は、変わらない快活で明朗な姉だ。言う通りなら男と破局した後だろうに、悲壮感は微塵《みじん》もない。

「いろいろあって母方の故郷へ行こうと思ってるんだけど、その前にどうしても楓のことが気になってさ。こっそり縞田に覗きに行ったら、あんたがいなくて。聞けば病気になって、突然辞めたというだろう？　信じられるもんか、元気が取り柄の楓が」

巻は苦笑いをする。笑い方が楓と巻はよく似ていると言われたけれど、楓も巻を見ていると実の父より血の繋がりを感じる。

「隠居してる前の女中頭のエツばあを訪ねていってさ。無理やり楓のことを聞き出したってわけ。華族のお家に嫁入りして、旦那は軍人様だって？　あんた、ご栄達じゃないか」

「そんなものじゃないわ。ねえ、姉さん、急ぐ旅じゃないならどうか上がっていって。それとも汽車の切符をもう買ってしまっているの？」

「いーや、平気平気。切符なんか買ってないよ。でも、旦那の留守にお邪魔していいものかしらね」

「主人はそんな狭量ではないですよ」

積もる話があるのはきっとお互い様だ。ただひとりの身内と言ってもいい巻をこのまま帰せない。

楓は巻の背を押して門扉をくぐる。声が聞こえていたのかスエが奥から玄関先まで出てきた。

「奥様、お客様ですか？」

「スエさん、わたしの姉です。姉が寄ってくれました」

楓のはしゃいだ声にスエが目を丸くし、それから巻の顔を見た。にっこりと微笑んで言う。

「奥様のお姉様。あら、本当に笑顔がそっくりでいらっしゃる。まあまあ、よくいらっしゃいました。今、水と手ぬぐいを持ってまいります。汗を拭ったり、足を拭いたりなさってくださいましね」

「やあ、すみません。こんななりでお邪魔しちゃって」

屋敷の玄関を見ただけで、華族の家、軍人の家の格を知ったのか、巻は少し驚いた顔をしていた。それでも、生来の明るい表情でスエに受け答えをしていた。

客間ではなく居間に通しお茶を出すと、喉が渇いていたのか巻はぐーっと飲み干した。華奢な喉は痩せていて、駆け落ち先での苦労が偲《しの》ばれた。それでも、巻は一緒に女中として暮らしていた頃と変わらず明るい。

「いやあ、男はこりごりだよ。あいつも最初は男らしくていいと思ってたんだけど、仕事もしないで酒を飲んで博打ばかり。我ながら見る目のなさに驚いたわ」

「姉さんは惚れっぽいから」

「愛の日々は駆け落ちして一週間で終い。あのクズを長屋から追い出す三月くらいはずっと喧嘩《けんか》してたね。あいつがこしらえた借金を、織物工場で働いたお給金で返してさ。もう色恋は当分いいや」

男の借金まで返していたのならさぞ苦労したに違いない。さらには工場で働いたというなら、労働環境も過酷《かこく》だったのではなかろうか。

「女工をしていたの？　厳しいと聞くわ。ひどい目には遭わなかった？」

「うちはそうでもなかったねえ。アタシがいたのは伊勢崎《いせざき》の織物工場で、ほらこの銘仙なんかもそこの反物さ。頑張った分ははずんでくれるから、借金もどうにか完済できたよ。さてこれからどうしようと、死んだおっかさんの荷物を整理していたら新潟の実家からの手紙があって」

巻の母親は、縞田が薬を買っている漢方商いの女中だったという。

取引先の女中でも気に入ったら手を出してしまう縞田の父の無分別は、大人になってみるとなんとも下品に感じられる。巻もまた、楓が縞田に入る少し前に母と死に別れて、奉公人の扱いにされていたのだ。

「こっちから手紙を出したら、おっかさんの母親——祖母がまだ元気でさあ。アタシの名前も覚えていて、新潟に来ないかと言うんだ」

「お祖母さんと暮らせるの？」

「雪深い土地でね。きっと、ひとり住まいじゃばあちゃんも何かと大変なのさ。今は村の人たちに畑をしてもらったり、雪をかいてもらったりしてるらしいけど。向こうは若い手が欲しいし、アタシは行き場が欲しい。どっちにも利があるんだよ」

巻はふふんと鼻を鳴らした。利があるなどと言いながら、ずるがしこい口調ではない。強がって蓮《はす》っ葉《ぱ》な言い方をしているだけのように見えた。

「この先のことを考えたんだ。華やかな帝都の隅っこで生きるのもいいけれど、そんなら新天地で人生仕切り直してみようかなって」

「そうね、姉さん。お祖母さんと暮らせるなら、すごく素敵だと思う。ねえ、今夜は泊まっていかれません？」

「ああ、実はアテにしてたんだ。あんたのところが駄目なら、エツばあのところに転がりこもうかと思ってたんだけど、あそこは縞田の連中もまだ顔を出すから嫌でねえ」

「エツばあにわたしのことを聞いたんでしょう？」

老齢の先代女中頭は楓と巻にとっては恐ろしい教師でありながら、生活一式を仕込んだ人でもある。隠居した後も、縞田の奉公人たちの相談役で、楓の嫁入りについても事情を知っている。

「そうだよ。最初はだんまりだったけど、ゴネて当時の恨み節を聞かせてうるさく騒いだら、仕方ないって教えてくれた。エツばあもあれで楓のことを心配してたよ。仔細《しさい》は知らないけれど、あんたの嫁入りはワケアリだったそうじゃないか。今度、エツばあに会いに行っておやりよ」

「ええ、そうします」

「さて、じゃあ次は楓の話を聞かせてもらおうかなあ。旦那はどんなお人だい？　あんたによくしてくれるかい？」

そこにスエが水羊羹《みずようかん》を持って現れる。楓のお客だと張りきって、近所の菓子店まで買いに行っていたのだ。

「奥様と雪禎様は、本当に仲睦まじくていらっしゃいますよ。こっちが照れてしまうくらい」

「スエさん！」

「へえ、そりゃあいい。聞かせておくれよ、楓」

懐かしい姉と語らうのは嬉しいことだが、想い人である夫について話すのは恥ずかしい。

ひとまず楓はこの家に嫁入りすることになった経緯をぽつりぽつりと話しだすのだった。


夕刻、雪禎が帰宅した。いつも通り出迎え、姉の来訪を告げる。そのまま顔合わせとなった。

「初めまして、岩津様。楓の姉の巻と申します」

指をつき、頭を垂れて挨拶する巻の前に雪禎が座る。

「ようこそ、おいでくださいました。楓の姉となれば、私の義姉です。ゆっくり逗《とう》留《りゅう》なさってください」

「そこ、そこをお願いしたいと思っていたんですよ」

巻が顔を上げ、にかっと笑った。かしこまった空気はすでにない。

「実はね、ひと月ばかりこのお屋敷に置いていただけないかと思いまして。御勝手の隅あたりでいいんですけれど」

楓にも初耳の願いである。驚いて巻に尋ねる。

「姉さん、お祖母さんの家に行くのじゃないの？」

「そうしたいのは山々。しかし、路銀がね。クズ男の借金を返したまではよかったんだけど、それですかんぴんになっちまって。一から稼がなきゃならないのよ」

「路銀でしたら、私が用立てます。親戚なのですから」

雪禎がすぐに申し出るが、巻は手も首もぶんぶん横に振って固辞した。

「ありがたいお申し出なんですけれど、田舎も貧乏暮らしで、返すアテもございません。それに、アタシも新天地でやっていこうってときなんです。身ぎれいで行きたいなと思ってまして」

なるほど、と雪禎が頷いた。雪禎は路銀の返済など頓着しないだろうと楓は思った。それでも、姉の希望を聞こうとしてくれているようだ。

「わかりました。楓も喜びますし、私はいつまでもこの家にいてくださって構いません。ところで、働き口はありますか？」

「へへ、このお屋敷に近いところで見つけてるんですよ」

巻がちゃっかりと言う。最初からアテにしていたのだろう。

「赤坂のカフェー・チロルの女給です。ひと月でもいいって言うんで」

「カフェー・チロルですか。陸軍御用達の純喫茶ですね。いい店ですよ」

「雪禎様もご存じなのですか？」

尋ねると、雪禎が楓を見やって頷いた。

「ああ、同僚に付き合って何度かね」

雪禎がカフェーを利用しているというのも新鮮だが、軍人御用達の店で、妙なサービスをさせたりするのでないなら、姉が働くのにもいいかもしれない。

「ご迷惑はけしておかけしません。ほんのひと月ばかりご厄介になります」

巻が丁寧に頭を下げた。


「急なことで申し訳ありません」

夕餉の後、雪禎の部屋に床をのべながら楓は謝った。突然姉が訪ねてきたのは嬉しいが、断りづらい状況でひと月も逗留を許させてしまったのだ。

雪禎は緩く首を振る。

「いいや。楓の数少ない身内じゃないか。聞いたところ苦労もされたようだし、この家で少しのんびりしていくといいよ」

「雪禎様の優しさに甘えてしまっているようで」

「いいんだよ。この機を逃せば、巻さんと楓が一緒に暮らすこともうないだろう。

姉妹の大事な時間にしなさい」

「はい」

つくづく夫は優しい。楓は雪禎の気遣いをありがたく思った。

それと同時に、こうしてふたりきりでいるとむずむずとしてしまう。思いだすのは縁側で唇を重ねたあの日。あれ以来接吻はしていないけれど、雪禎がじっと楓の心と身体が整うのを待ってくれているのは感じていた。

姉の来訪と逗留は嬉しい反面、ふたりの進展を一時停止にする案件でもある。

「しばらく巻さんと寝るんだろう」

楓は自分の布団を与えられた私室に持っていくつもりで準備していた。姉と布団を並べて眠るつもりだ。

姉を信頼していないわけではないが、雪禎にとっては見知らぬ人間を屋敷内に置くのだ。それとなく、楓が見ているようにしたほうが全員のためだろうと考えたのである。

「ええ、勝手を言いましてすみません」

「積もる話もあるだろう。私は構わない……でもね」

雪禎が腕を伸ばし、布団の準備をしていた楓の身体を引き寄せる。そのまま腕の中に閉じ込められ、やわく接吻された。

「ん……」

ほんの一瞬の重なりだった。先日の熱い接吻とは違い、唇はあっという間に温もりを残して離れていく。しかし、それだけで楓は真っ赤になって言葉を失い、唇を震わせた。

「私は毎晩、おまえと眠りたいと思ってるよ。それを忘れないで」

「雪禎様……わたし」

「そんな可愛い顔をしなくていい。大丈夫、おまえは私のものだから、少しの間姉上にお貸しする気持ちでいるよ」

「……はい」

ふにゃっと力が抜けそうになるのを耐え、楓は頷いた。まだ頬が熱かった。

布団を私室に運び、巻のものと二組並べると、湯上がりの巻がやってきた。粋な町娘風に、銀杏返しに結っていた髪は解き、豊かな黒髪が腰まで垂れている。

「はあ、いいお湯でした。お布団もありがとう。あら、なんか顔赤いよ。どうした?」

「な、なんでもないんです。今日は夜も蒸しますね。窓を開けて蚊帳を吊《つ》って寝ましょうね」

蚊帳を天井に吊るすと電気を消し、常夜灯代わりにランプをつけた。

「わたしも湯に浸かってきます。姉さん、お疲れでしょう。先に休んでいてくださいね」

「やだよ。あんたが戻るまで待ってるわ」

「いいですけれど、眠いなら我慢しないで寝てください」

「楓、あんたの旦那様は男ぶりがいいねえ」

着替えをまとめる楓に巻が言う。すでに布団に寝そべり、その声は眠たそうだ。

「あと、あんたを見る目がすごく優しい。本当に軍人さんかい？」

「ええ、第日本帝国陸軍第一師団歩兵第一連隊の大尉殿です」

「そうかそうか。ともかく、アタシはそこが一等気に入ったよ」

「そこが？」

「楓を大事そうに眺めてるところ……がね」

そう言った巻の次の言葉はなく、寝息が聞こえてきた。

楓は暗い部屋の中、またしてもひとり赤面し、入浴の準備をするのだった。

巻が居候を始めて十日ほどが経った。

朝は楓と一緒に起きだし、スエと三人で朝食を作る。同じく女中であった巻も手際がよく、仕事が速い。これは百人力だとスエも大喜びである。

雪禎を送りだすと、巻も出勤である。スエに習った西洋風の巻き髪をし、当世風の賑やかな柄の銘仙の着物で、風呂敷ひとつ抱えて出かけていく。カフェーでは縞の着物に白いひらひらとしたエプロンという前掛けをするそうだ。

ほとんどが昼時の勤務だが、稀《まれ》に遅番の日は昼頃出かけていって夜は日が暮れてから帰ってくる。そして、そんな日はなぜか人力車で帰ってくる。尋ねると、「親切なお客さんが手配してくれるんだ」と得意顔。

ははあ、と楓は考えた。姉は異性に好かれる質である。楓よりも小柄で、ちゃきちゃきした明るい性格が表情ににじみ出ている。顔立ちは楓のほうが目立つとは言われていたものの、造作や雰囲気はよく似ていた。縞田の女中時代の姉は、魚河岸の男や、商家の奉公人、裏長屋の職人などと浮名を流したものだ。

おそらくカフェー・チロルでもすでに男性客の目を引いているのだろう。カフェー・チロルは女給が隣の席で接待をするような店ではないと聞いているが、可愛らしい女給に声をかけたい男性は多くいるだろう。何しろ、赤坂は陸軍の街だ。

「そんなわけで、少々心配はしております」

夕餉の席、楓は雪禎にこぼしていた。本日も姉は遅番で、おそらくは手配してもらった人力車で帰ってくるのだろう。もしくは誰かが送ってくるかもしれない。

異性に好意を持たれやすく、また本人も惚れっぽい巻である。祖母のいる田舎に帰る目的を忘れ、色恋に夢中になってしまったらどうしようと思うのだ。姉は考えなしではないが、惚れた男と駆け落ちしてしまう程度に情熱的ではある。

「巻さんなら、もう人気者みたいだよ」

雪禎が屈託なく言う。

「武良少尉と他数人が先日の非番にカフェーに行ってきたそうで。入ったばかりの可愛らしい女給がいた、と。明るくて威勢がよくて、客の兵士たちに人気だったそうだ」

「あら～……」

思わず気の抜けた声を漏らしてしまう楓である。予想通りすぎる。

「いい仲の方ができたら、姉の人生はまたすっかり変わってしまいます。故郷で待っている姉の祖母も困るでしょうし」

「まあ、それも巻さんの人生だろう。とはいえ、どこの馬の骨ともわからない男にたぶらかされてもね。楓も知っての通り、すべての帝国陸軍兵士が品行方正ではない。

巻さんが望むなら、誰か世話をしようか」

雪禎の言う意味は、結婚相手の世話ということだ。楓はともかく、巻は一度は男と駆け落ちした身の上。さらに楓のように縞田の主人に後見をされて嫁入りすることはかなわない以上、縞田の娘を名乗ることはできない。

部下でも将校となれば、それなりの家柄の者も多いだろう。簡単に縁組などできるのだろうか。

少し考えて、楓は答える。

「一応、姉に尋ねてみます。でも、姉はきっと望まないと思います」

「そうか、わかったよ。……ときに楓、ちょっとおいで」

食事も終盤、お茶の準備をしていた楓に雪禎が手招きする。

「はい」

丸卓を膝で回ってにじり寄ると、そのままひょいと抱き寄せられた。

「雪禎様！　夕餉の最中です」

困って一応注意してみるが、雪禎は楽しそうに笑っている。

「せっかくふたりきりだからね。もうじき、巻さんが帰ってくるからその前に」

さらに耳元でささやいてくる。

「これほど近くにいると、夕涼みの晩を思いだすね」

「雪禎様……！」

たまらなく意地悪だ。楓が思いだして身体を震わせていることを楽しんでいるのだから。

硝子戸を開け放った縁側から、門扉の開く音と玄関に向かう足音が聞こえてくる。

「ただいま帰りましたァ」

明るい巻の声が響き、ようやく雪禎は楓を解放してくれたのだった。


その晩、楓は隣で横になる巻にどう切り出したものか迷っていた。

暑い夜で、蚊帳も鬱陶しく感じる気温だ。

「軍人さんとお見合い～？」

それとなく言った言葉に、巻が頓狂な声をあげた。

「嫌だよ。陸軍の将校さんって結構ちゃんとしたところの坊ちゃんが多いんだろ？あんたならともかくアタシじゃ無理無理」

「わたしも全然お嬢さんらしく振る舞うことができなくて、大変でした。でも、姉さんが望むなら……」

「田舎でばあちゃんが待ってるからねえ」

そう言ったきり、巻はしばし黙っていた。沈黙が続き、楓が言葉に迷っているうち、巻がぼそりと言った。

「……実は縁談があるんだ」

え、と楓は巻のほうに首を巡らせる。巻は蚊帳の吊ってある天井を眺めていた。

「ばあちゃんの家の隣に男やもめが住んでいてね。役場に勤めてるんだって。一昨年嫁さんが子どもを産んですぐに死んじゃって、それからはばあちゃんが子の面倒を見てるそうだよ」

「その人の後妻に？」

「アタシみたいな宿なしでトウが立ってきてんのに、嫁のクチがあるだけ御の字。ばあちゃんもその人も支え合って家族みたいに暮らしていて、そこにアタシが加わるんだ。きっと、縁談なんてかしこまらなくても、そのうち自然と夫婦みたいになっちまうんだろうね。それを向こうに了承を得て、籍を入れないかって言ってくれてるのはありがたいよ」

でもね、と巻は呟いた。天井を眺めて頼りない声で言う。

「アタシ、親になんかなれんのかなあって思ったら、足が止まっちゃって」

楓は喉を鳴らした。巻の気持ちが痛いほどわかった。

楓も巻も、実母を早くに亡くしている。父親はふたりを無視した。

親の愛情を知らない自分たちが、いきなりなんの準備期間もなく親になれと言われて、はたしてできるだろうか。

楓も巻も言葉をなくし、闇夜には熱と無言が満ちる。楓は考えて、やがて口を開いた。

「……その赤ん坊は男の子なんですか？　女の子？」

「男の子だってさ。よちよち歩き回るのが可愛いってばあちゃんの手紙にあったよ」

「巻姉さんは、元気で力持ちで明るいから、きっとその男の子に好かれますよ」

楓の言葉に巻がこちらを見た。それからふっと笑う。

「力持ちは楓のほうだろ？　まあ、体力はアタシのほうがあるかもしれないけどね」

「ええ、そうでしょう？　かけっこやお相撲をして、その子と仲良くなればいいんですよ。親になる必要なんかありません」

「親になる必要……」

「その男性とも、まずはお話し相手になってみたらいかがです？」

巻が数瞬黙ってそれから頷いた。

「もっともだ。あんたいいことを言ったよ、楓」

親を知らない自分たちが、いきなり理想の親にはなれない。そもそも相手の男性と気が合うかすらわからない。

だけど、親子とひとりの人間として仲良くすることならできるかもしれない。そこから始めればいいのではなかろうか。

「わたしは巻姉さんが大好き。巻姉さんは周りの人をすぐに虜にしてしまう魅力的な女性です」

「褒めても何も出ないよ」

「なんにもいりません。わたしも、いろいろありましたがゆっくりと雪禎様と絆を育めているように感じます。巻姉さんはもっともっとうまく、土地に、人に馴染めます。幸せになれます」

楓は真心を込めて言った。

「巻姉さんの幸せがわたしの望みです」

巻が路銀を理由に帝都に留まっている本当の理由はこれだったのか。縁談への迷い、そして親になる不安。

楓は納得し、どこかでほっとし、息をついた。

「アタシの望みも、楓の幸せだよ」

巻が闇に向かって静かに言った。


楽しい時間はあっという間に過ぎていった。七月の半ばにやってきた巻は夏いっぱいたっぷり働いた。八月の旧盆過ぎでカフェーを辞め、祖母の住む新潟へ向かうそうだ。

毎日一緒に寝起きする日々は、楓には懐かしく嬉しいもので、まるで姉妹の時間をやり直しているかのようだった。

自分たちが女中同士ではなく、普通の姉妹だったらこんなふうに暮らしていたかもしれない。そう思わせる平穏で幸福なひと月だった。

あと三日ほどで巻の勤務が終わるという日のことだ。夕餉の席が始まる前に、巻が楓と雪禎にあらたまった様子で切り出した。

「楓を、貸してほしいと」

「わたしがカフェーでですか？」

雪禎と楓の声が重なる。巻が両手をぱんと合わせ、この通りと頭を下げた。

「明後日、アタシの勤務の最終日！　昼のほんの一時半ほどなんだよ。どうしても人が足りなくて、楓に手伝ってもらえないかと思ってさ」

巻の相談は、カフェーの助っ人に楓を呼びたいというものだった。思わず顔を見合わせる楓と雪禎に、さらに巻が畳みかける。

「ひと月ばかりだけど、カフェー・チロルにはお世話になったしさ。ここだけの話、ちょっとしつこいお客もいたんだけど、カフェーの主人が追っ払ってくれたり、人力車を手配して安全に帰してくれたりしたんだ」

それは初耳である。姉が人力車で帰ってくるのにはそんなわけがあったのか。

「それは私のほうからもカフェー・チロルの主人に礼をしましょう。楓は……」

雪禎が言い淀み、それから楓のほうをちらりと見た。

楓の気持ちとしては、姉の力になってやりたかった。そんなふうに世話になった店なら余計だ。

「本当にこの日だけ。アタシが辞めた後はちゃんと女給の手配がついているんだって。岩津様、どうか楓をほんのちょっとだけ貸してはもらえませんか」

「楓はどうしたいんだい？」

雪禎がすぐに楓に尋ねた。楓は雪禎を見つめ返す。

「お許しくださるなら、姉の助けになりたいです」

本音を言えば、心配ではあった。たとえ短い時間でも楓が外で働くことで、雪禎の甲斐性《かいしょう》を笑う者が現れたらどうしよう。職業婦人が流行っていても、岩津家の嫁が軽々しく働くのはいけないことではないだろうか。

しかし、姉の頼みを聞いてやりたい気持ちもまた本物だった。

「お手伝いだけで、お給金も頂戴しないようにいたします。姉の恩をお返しするために。どうか……」

「おまえならそう言うかなと思っていたよ。行っておいで」

苦笑しているところを見ると、本意ではないのだろう。それでも雪禎は許してくれた。

「巻さん、楓によろしくご指導ください」

楓は雪禎の寛大な心に感謝し、姉に目配せした。巻は無邪気に「やったー」と喜んでいたけれど。

巻の勤務の最終日、約束通り楓は一緒にカフェー・チロルへやってきた。

「制服だよ。ほら」

巻に手渡された紅色の縞の入った着物を着込み、その上からエプロンをかけた。着け方がわからず、巻に手伝ってもらう。

「まあ、可愛らしい」

他の女給たちが出来上がった楓の女給姿に、歓声をあげた。楓は鏡に映った自分と巻の姿を見て、この様子を写真として残しておきたいと思った。そろいの服を着た自分たちはとても姉妹らしく見える。

「アタシの妹ですから」

「巻ちゃんったら言うねえ」

「巻ちゃんも可愛いよ。本当に今日で辞めちゃうのがもったいない」

すっかりひと月で馴染んだようで、巻は女給たちと軽口を叩いていた。そんな姉の様子が楓には嬉しい。

「姉さん、仕事のやり方を教えてね」

「ああ、おいで。難しいことはこっちがやるから、料理の出し方や皿の下げ方だけ覚えてちょうだい」

カフェー・チロルは開店するなり、盛況だった。赤坂界隈の商売人や軍人が主だった客のようだ。洋食ランチや本格的な珈琲《コーヒー》が売りだそうで、それなりの値段もするがひっきりなしに客が来る。

昼の一番忙しい時間帯の手伝いなので、品書きなどはほとんど覚えず、卓番号だけ覚えた。皿を運んで下げるのが仕事である。付け焼刃でそれ以上の仕事をとなれば迷惑になるだろう。

正午の午砲が鳴って少しした頃である。カフェーは混み合い、待つ客も出始めた。楓もてんてこ舞いの忙しさだった。

「楓、楓」

巻に呼ばれてみると、扉のところで待っている軍服の男性が四名。その中央にいるのはなんと雪禎だ。

「雪禎様……」

「あんたの働きぶりを見に来たんだよ。本当に過保護で愛情深い旦那だねえ」

巻に、このこの、と肘でつつかれ、楓は恥ずかしいやら困ったやらで唇をもぞつかせた。席が空き、巻に再びつつかれ楓が雪禎たちを席に案内することとなった。

「いやあ、奥様。今日は手伝いだと聞いてお邪魔しました。なんでも人助けに数時間だけお店に立つと」

親しげに話しかけてくるのは武良少尉だ。他の将校たちも楓に挨拶をしてくる。恥ずかしいのでもう少し目立たないように頼みたいものだ。

「女給が足りず、良妻と名高い奥様に白羽の矢が立ったそうで」

「岩津大尉は奥様の雄姿をぜひ見たいと我らを誘ったのですよ」

部下たちの言葉にちらりと雪禎の表情を盗み見る。雪禎は穏やかでありながら、腹の見えないいつもの表情。何を考えているのかまったく読めない。

「あの可愛らしい女給さんは奥様の姉上だったそうですね。言われてみれば、面差しがどことなく似ていますね」

「今日で辞めてしまうと聞きました。残念です」

「ほんの短い間でしたが、兵士にも彼女に熱を上げている者が多くおりましたよ」

巻のことを言われるのは嬉しいので楓も頬を緩めてしまう。姉は多くの客に親しまれた女給だったようだ。

「あ、あの、ご贔屓にありがとうございました。注文を取れる者を呼んでまいりますので」

「私たちは皆、洋食ランチにしよう。それならわかるね」

雪禎がとりまとめて言い、それから楓に視線を向ける。にっこり笑った顔はどことなく他所向きの作られた笑顔に見えた。

（雪禎様、怒っていらっしゃる……わけではないわよね）

ふと不安になったが、今は仕事中である。

「はい、承りました」

楓は頭を下げ、卓から離れた。


三時間ちょっとの勤務はあっという間だった。まだ勤務時間のある巻を残し、楓は先に帰路に就いた。汗まみれで帰宅すると、スエがお茶を淹れてくれた。

「奥様、お疲れでしょう」

「ふふ、新鮮でした。でも、女給さんは大変なお仕事ですね。覚えることも多いし、何よりずっと笑顔でいるもので、頬がかちんこちんになりそうでした」

「まあまあ、それは確かに」

そう言って、楓とスエは苦笑いをした。


その晩は巻の送別の夕餉でもあった。明日には汽車で新潟へ向かうことになっている。

スエも居残ってくれ、四人で普段は飲まない酒を嗜《たしな》んだ。雪禎が付き合い以外で酒を飲まないので、この家には普段酒類は置いていないのだが、巻が好きだと聞いてスエが用意したのだった。

「あんまり飲むと汽車の時間に遅れるから、控えめにしますよ」

そんなことを言いながら、ぐいぐい杯を重ねる巻に、楓ははらはらしっぱなしだった。そして、雪禎は家では飲まないというのに、意外にも顔色も変わらなければ口調も態度も普段通りだ。もしかすると、ものすごい酒豪なのかもしれない。

巻は子どもの頃の思い出話を語り、それは楓にも懐かしいものだった。雪禎やスエを驚かせてしまうだろうかとも思ったが、ふたりとも楓たちの女中暮らしの思い出を興味深く聞いていていた。

食べて飲み、語り合い、あっという間に夜は更けていく。

酔った巻をどうにか布団に運び入れ、スエを送りだし、片付けをして楓は布団に戻った。雪禎は火元や戸締まりを見てくれるというので任せてしまった。

「楓ぇ」

布団に気持ちよさそうに転がり、巻はぼそぼそ喋っている。間延びした声は酔っ払い特有のもので、面白くて笑ってしまう。

「なあに、姉さん」

「ひと月ありがとう。あんたが岩津様に愛されて幸せに暮らしているのが見られてよかったぁ」

楓は布団に手をつき、上から巻を覗き込んだ。酔った姉はふふふと笑っている。

「アタシたち、お互いがたったひとりの家族だったでしょう」

「そうね。寒い日は足をくっつけて寝たし、着物や足袋に同じ接ぎを当てたわね。学校も代わりばんこに行った」

「そう。……でも、あんたには新しい家族ができた。岩津様はいい旦那様だ。それに女中のスエさんも優しいや」

楓は黙る。巻は眠そうに目をしばたたかせながらも微笑んでいる。

「アタシも家族が欲しい。血の繋がったばあちゃんを大事にしたいし、縁談相手とその赤ん坊とも……家族になれるならなってみたい」

「姉さん」

「そう思えるようになってきた。無理はしてないつもりだよ」

巻の言葉を聞くうち、楓の瞳から涙が溢れ、頬を滑り落ちた。

一緒に大人になった。どんなときも助け合ってきた。

その姉が、新しい土地へ行く。新しい人生を選ぼうとしている。

そこに自分はいないのだ。

そして、巻もまた同じことをこのひと月で感じたのだろう。楓にはもう新しい人生と、ともに歩む人がいるという事実を。

あかぎれだらけの手を繋いで、互いを守ってきた姉妹は大人になった。そして、ここからは別々の道を行く。

「姉さん、お幸せに。お手紙を書きますね」

巻が目を開け、楓の頬の涙をごしごしと手のひらでこすった。

「ありがとう。落ち着いたら、またあんたに会いに来るから。そのときはカフェー・チロルに客として行こうじゃないの」

巻の目にも涙が浮かんでいた。泣き笑いの姉の顔は、自分に似ているようにも似ていないようにも思えた。

「ええ、そうしましょう」

姉妹の最後の夜は静かに更けていく。旧盆を過ぎた夜は、風にわずかな秋の匂いを感じた。

翌日、東京駅まで同行し、巻を見送った。楓たちからの贈り物の鞄に、土産と少ない手荷物を詰め込んで巻は汽車に乗り込む。

座席に着くと、がこんと音をたてて窓を開け、楓に向かって手を伸ばした。楓は窓に駆け寄り、姉の身体をぎゅっと抱きしめる。

次に会うのはいつになるだろう。そのとき、どんなふうに変わっているだろう。身体に気をつけてと短い言葉を交わし、発車のベルで身体を離した。

汽車が走りだす。ふたりは互いの姿が見えなくなるまで手を振り合っていた。


「雪禎様、ひと月の間ありがとうございました」

夕刻、帰宅した雪禎に楓は礼を言った。先に風呂に入ると言う雪禎に着替えを用意しながらのことだった。スエはすでに帰宅し、開いた窓から日暮の声が聞こえる時分である。

雪禎は軍服の上着を脱ぎ、シャツの姿で楓の前にあぐらをかいた。

「巻さんを見送って、寂しい顔をしているんじゃないかと心配していたけれど、晴れやかな顔だね」

楓は笑顔で答える。

「姉には姉の未来がありますから。わたしにもわたしの生活があります。それでも、束の間姉妹の時間を取り戻せたのは雪禎様のおかげです」

雪禎が手を伸ばし、子どもにするように楓の頭を撫でた。

「このひと月、楓が巻さんにべったりで少々妬けたよ」

恨みがましいというより苦笑いで言う。楓も困って笑った。

「だけど、巻さんの前で少女のように笑う楓を見られたのはよかったかな」

「そんなに幼い顔をしていましたか？」

「ああ、いたいけで可愛らしかった」

雪禎が腕を伸ばし、楓の身体を引き寄せる。楓は身を任せ、雪禎の胸に顔を寄せた。

「でもね、楓。カフェーの給仕はもうやってはいけないよ」

「申し訳ございません。やはり雪禎様の妻として相応しくない行動でした」

「違う。エプロンをしたおまえはとても愛らしかった。あんな姿を、他の男にさらし続けられてはたまらない」

それはどうやら可愛い嫉妬だったようで、楓は雪禎の腕の中でふふと笑い声を漏らした。素直に独占欲を見せてくれるようになったものだ。

「おまえの可愛いところは私だけが知っていればいい」

「はい。雪禎様がそうおっしゃってくださるなら」

楓は雪禎の腕の中から見上げる。微笑んで言った。

「わたしの家族は雪禎様です」

「ああ、そうだね」

家族の縁が薄かった自分たちにも、わずかだが大事な人たちがいる。その人たちと次に会うときも胸を張っていられるよう、今を精一杯生きよう。愛しい夫の隣で。

楓はそう思い、自然と重なる唇に合わせて瞳を閉じた。

十　雷雲

　夏が終わり、九月がやってきた。大きな台風をやり過ごしたら、風は一気に涼しくなり、夜は肌寒さを感じるほどだ。日中はまだ暖かいものの、空の高さを感じるようになってきた。

「楓」

　名を呼ばれ、振り向くとそこには雪禎がいた。日暮れの早くなった夕刻、帰宅の道すがらである。

「雪禎様、お車はどうなさいました？　作典さんは？」

「連隊長のお付きで内幸町《うちさいわいちょう》の方へね。だから作典の送迎は断ったんだ」

　麹町区《こうじまちく》の内幸町にあるのは議事堂である。楓にはわからないが、中央省庁へ出向く用事もあるのだろう。

「楓はどうしたんだい？」

「料理用のお酒を切らしてしまいました。今、スエさんが竈の火を見ていてくれるので、ちょっと坂の下まで買いに」

「そうか。偶然だけど、こうして帰り道が一緒というのも面白いね」

「ええ、本当に」

ひやりとする秋風の中、ふたりで同じ家に向かって歩く。それだけで心が温かくなるようだ。

「嫁いで間もなく半年です」

「もっと長くこうして一緒にいる気がするよ」

「わたしもです。半年の月日が、濃く深い日々だったからでしょうか」

夕焼けの中視線を交わし、微笑み合う。幸福だと楓は思う。今が一番だ。雪禎といられるなら、この先は幸福しかないのだろうと感じられる。

「ただいま」

そろって門をくぐると、スエがばたばたと出てきた。

「お帰りなさいませ。雪禎様、奥様、お客様でございます」

スエは困惑げな表情だ。滅多に来客のない家に、予定にない客が来たのだ。しかも、楓にとっても客というのはどういうことだろうか。一瞬兼禎の顔が浮かんだが、それならスエはそう言うし、外に人力車もなかった。

雪禎とともに応接室へ入ると、そこにはシャツと洋袴姿の男が正座していた。書生風にも見える若い男だ。雪禎と楓の姿を見て頭を下げたが、少なくとも楓は面識がない。ふたりはその男の前に座し、向かい合う格好となった。

「急に押しかけまして申し訳ございません。僕は、鎧戸《よろいど》十郎《じゅうろう》先生の御宅にお世話になっている文野《ふみの》と申します」

鎧戸十郎という名前を聞いても、文野というこの青年の名を聞いても、どうにも思い当たらない。首を傾げる楓に、雪禎が言う。

「鎧戸十郎氏……第六国立銀行の前頭取ですか。そのお使いの方が我が家になんの御用ですか?」

国立銀行の前頭取とは、かなりの大人物である。ぎょっとする楓を、文野という書生が見つめた。

「大変失礼ながら、奥様にご相談があって参った次第です。奥様……楓さんの御母堂は柳橋の芸妓・まつ葉さんでいらっしゃいますね」

「……はい」

楓は小さな声で答えた。なぜ、母の名を挙げられたのかわからない。文野が続けて言う。

「鎧戸先生はかつてまつ葉さんをご贔屓にされていたそうです。何度も身請けの申し入れをされたそうですが、まつ葉さんは芸妓の仕事に誇りがありお断りしたとか。それからも鎧戸先生は、長くまつ葉さんの後援者であったと言います」

文野は感情を差し挟まない事務的な口調だ。表情も能面のように動かない。鎧戸という主人に言われた通りに伝えているのだろう。

「しかし、あるときまつ葉さんは長い休養を取った。それが出産のためであったと、鎧戸先生は後から知りました。そこで一度は鎧戸先生とまつ葉さんの縁は切れてしまったそうです。まつ葉さんが病で亡くなられたのを知ったのも随分後でした」

「それと、妻になんの関係がございますか」

雪禎が静かに口を挟んだ。前置きはいい、という意味なのは明らかで、いつも穏やかな雪禎にしてはかすかな苛立ちを感じる語調だった。

「鎧戸先生は、近年まつ葉さんの遺児を探していらっしゃいました。縁が切れてしまったとはいえ、彼女の若い時代を支えた先生は父親のような気持ちがあったのでしょう。父方の薬種問屋縞田に引き取られたことをようやく突き止め、先日僕が縞田の主人に会ってまいりました。そこで楓さんが岩津様の御宅にお嫁入りされたことを知ったのです」

「あの……その先生がいったいわたしになんのご用事でございましょうか」

楓も困惑の様子を隠さずに尋ねた。いきなり、母の関係で自分を訪ねてくる人がいるなんて変な話である。

文野は静かに答えた。

「難しいことはございません。会って差し上げてほしいのです。鎧戸先生はお年を召され、奥様もすでに亡くなり、お子様もいらっしゃいません。昨年ご病気もされ、お心が弱っていらっしゃいます。まつ葉さんの遺児であるあなたを孫娘のように思って、かつての美しい面影を感じたいのでしょう」

懇願でありながら感情がこもらないので、ただの説明のようだ。文野が無機質な目で楓を見つめた。

「鎧戸家から迎えの車をよこしますので、時折お話し相手になって差し上げてほしいのです」

楓が何か言うより先に、雪禎が軽く笑い声をあげた。雪禎らしくない態度だ。

「話になりませんね。人の細君に依頼する内容とは思えません」

「ですから、御夫君である岩津大尉にもご相談をと思い、馳《は》せ参じた次第です」

文野は折れない。

「もちろん、岩津子爵にはすでに許可をいただいております」

その言葉に驚いたのは楓だけではなかった。雪禎が横でぎりと下唇を噛みしめたのが見えた。

「岩津子爵はおっしゃいました。恩のある方を見舞うのは当然のことで、嫁にもそのようにさせる、と」

岩津家からすれば、楓は厄介者である。雪禎との仲を裂けるものなら裂きたいのだ。人妻が他所の資産家の家に足しげく通っているとなれば、外聞も悪いだろうに、そうしてでも雪禎と離縁させたいに違いない。

鎧戸という男が、先に岩津家に手を回していたということは、おそらく芸妓の子が子爵家でどう扱われるかも察していたのだろう。

「ひとまず今日はお引き取りください。妻とも、本家とも話したく思います」

雪禎のすげない言葉に、文野が恭しく頭を下げた。

「近日中に、またご様子を伺いに上がります。いいお返事をお待ちしております」

「期待しないでいただきたい」

雪禎の口調は非常に冷めていて、普段の穏やかで思いやりある雰囲気もなりをひそめていた。

文野が帰り、居間には楓と雪禎、そしてスエがいた。帰りそびれたというより、ふたりを心配して残っていたようだ。

「どんなお偉い方か知りませんけれど、人の細君に会いに来いと頼むなんて、とんだ助平です！」

スエが憤慨し、強い言葉で言った。今にも畳を毟《むし》ってしまいそうなほど、憤っている。

「鎧戸十郎は第六国立銀行の前頭取だ。もともとは長州藩士の家柄だったはず。引退した今も政財界では権力があり、爵位こそ持っていないが、下手すれば子爵位の岩津家よりずっと中央に顔が利く」

雪禎はいまだ冷たいくらいの無表情で、ややうつむき加減に一点を見つめていた。それが怒りを押し殺した顔であることを楓は感じていた。

岩津家が勝手に楓の動向を決めてしまったのだ。怒っても無理はない。

「もちろん、楓は行かせない。あの文野、たかが見舞いという様子では言っていなかった。何度も通って話し相手になれとは、愛人になれというのと同義だ。よくもまあぬけぬけとあんなことを言えたものだな」

「雪禎様……わたし……」

「安心しなさい。私は岩津家とは関係ないとも言い張れる。肩書は帝国陸軍の将校だ。鎧戸がいくら大物でも、軍部にまでは早々簡単に意見は通せない」

雪禎の言うことはその通りなのだろう。一方で、楓の中で引っかかるのは、母・まつ葉のことだった。

「母が世話になったというのは本当だと思うのです。おそらく、その方のご好意を袖にしたのだと」

「楓の母親が後援者に選んだのが、縞田の主人だったんだろう。若いうちに少し貢いだだけで、我が物顔とは厚かましい。むしろ一流の芸妓に振られたのだから、そこで身のほどを弁えればよかったものを。娘にまで執着するとは」

「ですがその先生が、わたしの母に裏切られたような気持ちをずっと抱えているのだとしたら……」

鎧戸という男と母の間にどんなやりとりがあったかはわからない。しかし、老境に差し掛かり、かつての想い人の娘を探し出すというのはどこか寂しさのような感情が透けて見える。

「本当に、見舞いという体でしたら、一度だけご挨拶に伺ってもいいかと思うのです」

「楓、そんなことをしなくていい」

「ですが、そうすれば各方面に顔が立ちます。鎧戸先生にも、岩津本家にも。あとは何を言われても、聞く理由がなくなります」

それに楓にはわずかな期待があった。鎧戸という男から、母の昔話が聞けるかもしれない。もう面影くらいしか覚えていない母。今さら懐かしみ、寂しく思うわけではないが、よく似ていると言われる母親は楓自身の源流であり根だ。自身の産まれた起点を知りたいという気持ちが楓にはあった。

「わかりました、奥様！」

スエが隣でどんと胸を叩いた。

「スエがご一緒に参ります！　作典もお伴につけます！」

鼻息荒く、頼もしく宣言するスエを楓は覗き込む。

「スエさん、お願いできますか？」

「ええ、もちろんです。奥様をお守りしますよ！」

楓とスエの前で、雪禎が渋面をしている。本当にこれほどはっきりと感情を表に出している様子は珍しい。

「私は、楓をその老人に会わせたくないな」

雪禎がそう言うなら、やめた方がいいだろうか。戸惑い様子を窺う楓の前で、雪禎が顔を上げた。

「しかし、おまえも考えた上で言っているのだろう。周囲の皆のことを考慮した上での言動なのだろう。わかった。たった一度なら私も許そう」

「はい、ありがとうございます。雪禎様」

さすが雪禎である。楓は感謝の気持ちで頭を下げた。

数日後、楓はスエとともに作典が運転する自動車で鎧戸十郎の邸宅を訪れた。

岩津本家が行ってこいと言っているので、作典を運転手としてつけることは容易だった。雪禎が岩津子爵と兼禎とどんなやりとりをしたのか、楓は知らないが、雪禎はこの件について徹底抗戦の構えである。

今日の『見舞い』で楓が全員の顔を立てることに成功すれば万事解決。楓自身も緊張と期待を胸に、その洋館の前に降り立った。

作典は車とともに外で待ち、楓とスエが邸内に入る。楓は今日の見舞いのために、縞田の家で嫁入りの際に誂えてくれた上等の色無地を着て、新品の真っ白な足袋を履いた。紅をさし、髪は西洋下げ巻に結っている。

招かれたのはダイニングと呼ばれる広々とした応接間兼居間のようなところだった。

やがて、重そうな足音が聞こえてきた。階段を下りているようだ。そして文野に支えられ、扉をくぐってきたのは大柄な老人だった。太っているというより骨格が大きく、恰幅《かっぷく》がいい。脚が悪いようで杖《つえ》をついている。年の頃は六十代半ばから後半といったところか。

白くて太い眉毛の下の目が、楓をとらえた。

楓はお辞儀をして名乗る。

「初めまして、岩津楓と申します」

「おお……」

鎧戸十郎は感嘆の声をあげた。楓が見やると、震える手で目頭を拭う老人の姿があった。

思わぬ涙に、楓は狼狽した。

「まつ葉……まつ葉に生き写しだ……」

「鎧戸様」

「楓さんといったね。すまない。まつ葉を思いだしてね」

鎧戸はしきりに手で目をこすり、溢れる涙を拭いている。大の大人がこれほど純粋に涙しているのを楓は初めて見た。

「ずっと後悔していた。私が狭量だったばっかりに、まつ葉に可哀想なことを……。それで彼女は早死にしたんじゃないかと、……そう思って」

楓にはわかった。この老人は、母に裏切られたと恨んでいるわけではない。自分が支援を切ったせいで、母が病で早逝してしまったと思い込み、後悔していたのだ。

「おまえさんにどうしてもひと目会いたかった。すまない、こんな年寄りのところへ突然呼びつけて」

「いいえ。鎧戸様、生前は母がお世話になりました」

「情けないことに私はおまえさんの父親に嫉妬してね。あれほど大事に育てて応援していたまつ葉を放り出してしまった。まつ葉は苦労しただろう。可哀想に」

「母は肺病で亡くなりました。本当にあっという間で。ですが、母は母なりに精一杯生きたのだと思います。鎧戸様のせいではございません」

文野の手を借り、ひとり掛けの布張りの椅子にかける鎧戸。文野に手渡されたハンカチで目頭を何度も拭うと、楓に向かって微笑んだ。

楓は向かいの席に勧められるままにかけた。スエは少し後ろの椅子にいる。

「本当に懐かしい。少しだが、昔話をさせてくれんか」

「ええ、もちろんです」

「これを。まつ葉の写真だよ。おまえさんは持っていないだろう」

文野を経由して渡されたのは、母・まつ葉の若き日の写真だった。隣にいるのは、四十代と思しき鎧戸だ。

「おまえさんにあげるよ。私はまだ何枚かあるからね」

「よろしいのですか？　ありがとうございます」

写真を見て、楓の記憶が鮮やかに蘇る。ああ、母はこんな顔をしていた。こんなふうに笑う人だった。思いだせば、声や仕草までが脳裏を駆け巡り、涙が出そうになる。

「楓さん、本当に切ないくらいおまえさんはまつ葉に似ているよ」

鎧戸はゆっくりと昔語りを始めた。それは楓の母親との出会いからの出来事で、時折思い出は行きつ戻りつしながら、ふたりの決別までが語られた。

「まつ葉には皆惜しみなく支援をした。まつ葉の才能も美貌も、柳橋一でね。誰もが、この芸妓を一等に押し上げたのは自分と言いたかったんだ。私はまつ葉に執心していたものだから、まつ葉の心が手に入らなくて焦れてね。『子なんか産んで、おまえさんはお終いだよ。価値もない』とひどいことを言ったんだ。まつ葉は私に深々頭を下げて、長年のご愛顧感謝申し上げますと言ったよ。あれが今生の別れになるとはなあ」

　そう言って鎧戸はまた涙を拭う。この老人がどれほど母を好いていたかが、言葉の端々から感じられた。

「楓さん、おまえさんも苦労されたそうだね。私がまつ葉の近くにいたら、娘のように支援できたのにと悔やまれてならない」

「いえ、もったいないお言葉です。幸いにもわたしは嫁ぐことができまして、帝国陸軍第一師団の岩津雪禎大尉の妻となりました」

「岩津家だろう。子爵の」

　口調がわずかに変わった。過去の想い人に涙していた男の目が暗く光る。

「私だったら、岩津家よりもっともっといい暮らしをさせてやれたのに」

「今が一番幸せでございます」

「それは、おまえさんが上を知らないからさ。私はもう脚も悪いが、おまえさんが望むならまだどんなことだって叶えてやれるんだ。ダンスを習いたいとは思わんか。船で洋行に出ることもできる。おまえさんはまだまだ若い。軍人の細君などに収まっていては……」

　そこまで言って、鎧戸ははっと口をつぐんだ。情熱がこぼれ見えてしまったことを恥じて黙ったようだった。

「……すまないね。年寄りは若者に夢ばかりを託したくなる」

「いえ、鎧戸様のお気持ちをありがたく思います」

鎧戸は気を取り直したように、楓に破顔した。

「どれ、今度は楓さんの話を聞かせておくれ。そうだ、クリームののったケーキはいかがかな。お連れの婦人もお召し上がりになってください」

『見舞い』と称した会は、和やかな雰囲気だった。一瞬不穏な表情を見せた鎧戸も、それ以降は紳士そのもので、楓の話ににこにこと相槌《あいづち》を打っていた。

ふたりは土産に菓子をたくさん持たされ、鎧戸の邸宅を出たのだった。

「想像していたのと違いましたねえ」

帰りの車内でスエがぽつりと言う。楓も同感だった。

「わたしを愛人に、などと自意識過剰だったようです。母を大事に想っていたからこそ、わたしの安否を気にしてくださったのでしょう」

答えつつも、鎧戸の目に一瞬宿った不穏な影は忘れられない。ひと角の人物ともなれば、穏やかな面ばかりではないだろう。いまだ権力を持つ男ならなおさらだ。

「ともかく、これで丸く収まりますね」

作典が運転席から明るい声で言った。

「奥様がお仕事を果たされたおかげですよ」

「だといいんですけれど」

帰宅し、雪禎に包み隠さずにすべてを話した。雪禎は少し考えている様子ではあったが、頷き「お疲れ様だったね」と楓を労ってくれたのだった。


鎧戸家への訪問から数日、週が明けた。

またいっそう秋らしくなった庭で冬の作物の計画を立てる。冬収穫の野菜の多くは九月の終わりから十月中には植えつけをしたい。

雑草を抜いた畑を小振りのバッタがぴょんと跳んでいき、楓は思わず捕まえようと手を伸ばした。失敗して膝をついてしまう。我ながら、不意にとはいえ子どもっぽいことをしたと、誰も見ていないかあたりを見回す。幸い、スエは夕方まで来ないので、目撃者はいない。

鎧戸十郎からその後はなんの打診もないし、岩津家からの連絡もない。雪禎はもしかするとやりとりがあるのかもしれないが、それを楓には見せない。楓も知らぬ顔をすることにした。

こうして、なかったことにした方がいい。

母の昔なじみの老人と茶話会をしてきただけのこと。鎧戸十郎の涙を思うと、今度あらためて手紙を書こうと考えた。読み書きも以前よりずっとできる。手紙を受け取れば、あの孤独な男の心を慰められるのではなかろうか。

「ごめんください」

その声は聞き覚えがあった。楓は弾かれたように顔を上げる。

「申し訳ありません。何度か門でお声掛けをしたのですが誰もお出にならないもので、お庭に回ってしまいました」

感情のこもらない声で言うのはあの文野という書生だ。

楓は自分が野良着のままであることも忘れ、そのまま文野に向き直り、少々きつい口調で尋ねた。

「何かございましたか？　もうそちらの御宅にはお邪魔いたしました」

文野は楓の困惑を察しているのかいないのか、平坦《へいたん》な声で言った。

「岩津子爵にお話は通してございます。御夫君へはこれから。しかし、その前に楓さんに直接お話しするのが筋かと思い、伺いました」

「いったいなんのことです？」

「鎧戸十郎先生があなたを妻にご所望されています。岩津大尉と離縁され、鎧戸家へ入ってほしいとおっしゃっています」

とんでもない要請に、楓は言葉を失った。

先日の対面が思いだされた。あのとき、確かに鎧戸十郎は自分の方が楓を幸せにできると言った。しかし、楓はそれを受け入れたわけでもないし、鎧戸自身も語気を弱めたではないか。

しかも、養女などではなく妻。鎧戸十郎の正妻はすでに鬼籍に入っていて、子はいない。しかし他人の妻を離縁させて後妻に望むなど、執着がいきすぎている。

やはり穏やかなだけの老人ではなかった。自分が欲しいものを手に入れるためなら、周囲を顧みず動く人間なのだ。老境に差し掛かり、子どもじみた我儘な精神も作用しているのかもしれない。

「お断りします」

楓は毅然と言いきった。

「私は岩津雪禎の妻です。夫と離縁する気も、他の誰かに嫁ぐ気もございません」

「それをあなたが決められればいいのですが」

文野は静かに言った。感情がこもらないだけに、嘲笑にも聞こえる言葉だった。

「用件はお伝えしました。今日は失礼します。御夫君にも話はいくかと思います」

そう言って文野は去っていった。


その晩作典が、雪禎が遅くなる旨を伝えに来た。本家で話があるそうだ。

楓にはその内容がわかっていた。

まだ何も知らないスエには帰ってもらい、楓は夕餉に紙をのせ、御勝手の一番涼しいところへ下げておいた。

結局雪禎が帰ってきたのは日付をまたぐ頃だった。居間の丸卓に持たれて眠ってしまった楓は、雪禎が布団に運んでくれる感触を覚えながら起きることができなかった。

翌朝飛び起きてみれば、雪禎はすでに起きだし、文机に向かっている。

「雪禎様！」

楓の声に雪禎がゆるゆると振り向く。爽やかとも言える笑顔だ。

「おはよう、楓」

「昨晩は……」

「ああ。遅くなってすまないね。……おまえのところに文野という書生が来たのだろう」

楓はこくんと頷く。話の内容も知っているという意味も込めて。

「おまえを渡す気はないとはっきり言ってきた」

雪禎が楓に向き直る。楓は雪禎を見つめ返し、不安で表情を歪めた。

「雪禎様、それで問題は起こりませんか？」

「以前も言ったが、いくら鎧戸十郎に力があろうが、軍部にまで圧力をかけられない。しかも個人的に女性を奪いたいなどという願いではな」

「岩津のお家は」

「腐っても華族だ。しかも相手は元藩士の家系とあっては、素直に言うことを聞きたくないのも本音だろう。どうせ、私と楓を離縁させるのにいい機会くらいにしか思っていないし、その考えも無駄だと伝えてきた。これ以上は、私も許さないともね」

雪禎に残る硬く厳しい口調に、昨夜の話し合いの重苦しさが感じられた。楓はうつむき、その頭を雪禎が抱えるように胸に引き寄せた。

「楓が心配するようなことは何も起こらない。安心しなさい」

楓を守ろうとする腕、安心させようとする声。すべてが愛おしい。

「はい、雪禎様」

そうだ。この人以外に愛する人などいない。この人との未来でないと欲しくない。惑わされ、迷うのはやめよう。

楓は暫時目を閉じた。

その日の午後だった。スエが帰宅している時間に、今日も来訪者があった。外に人力車が停まったのは音でわかる。庭にいた楓は、草履のまま門に回る。

「邪魔をするぞ」

そう言って入ってきたのは兼禎だ。楓は咄嗟に頭を下げ、告げた。

「雪禎様はまだお戻りになりません」

「今日はおまえに話があって来た」

楓は覚悟を決めて、顔を上げた。兼禎の言葉がどういう意味か想像がつく。

「鎧戸様の件でしょうか」

「わかっているなら話は早い」

「では中で」

「いい」

兼禎は今楓がやってきた方向へ歩きだす。この屋敷は岩津家の別邸だ。構造は知っているのだろう。ぐるりと母屋に沿って回り、庭に出ると、兼禎はどっかと縁側に腰かけた。

雪禎がいない方が、この男の行動はのびのびとし豪放に見えた。

「お茶をお持ちしますので、お待ちください」

「それもいい」

向かい合う格好で庭に立ち尽くす楓を、兼禎の厳しい視線が射貫いた。

「単刀直入に言おう。雪禎と別れ、鎧戸十郎先生の後妻となれ」

楓は背筋を伸ばし、兼禎を見つめ返した。息を吸い、決めていた言葉を口にする。

「お断りいたします。わたしは雪禎様の妻です」

「遊女の娘が何を言う。縞田の胤かすら怪しい分際で」

「母は立派な芸妓でした。母を貶めることはおやめください」

思いのほか、力強い反論の言葉が出た。それは楓なりに覚悟していたからだ。文野が来たときから、兼禎や岩津子爵と再びまみえることもあるだろうと思っていた。

楓の強い態度に兼禎は明らかに怯《ひる》んだ様子だった。

「鎧戸先生は妾ではなく、おまえを妻にとお望みだ。再婚の扱いでも問題ないとおっしゃっている。知っていると思うが、いまだに政財界に大きな影響力を持つ方だ。後継者もいないから、死後はすべての財産を妻となるおまえに譲ると言っている」

「財産などいりません。雪禎様との暮らしが一番大事です」

「では、その雪禎のためと言っても、おまえは身を引かぬか」

楓ははたと止まった。雪禎のため。それは楓の胸の奥に響く言葉である。

「雪禎はあの年齢でほぼ足踏みなく階級を上げている。それは未来の大将候補だ。おまえにはわからんかもしれんが、現在西欧では戦争が起こっている。日本もここで前に出ねば、覇権争いから零れ落ちるのだ。国内の軍備は拡張されるだろう。やがてもっと大きな戦乱が起こったとき、それを指揮する者の中に、雪禎はいるだろう」

楓はその言葉にごくんと生唾を呑み込んだ。兼禎の言う戦争を見たわけではない。しかし、日露戦争の有様は勉強の際に当時の新聞記事で読んだ。

普段は切り離して考えているが、雪禎は軍人なのだ。大きな戦争が起これば、隊を率いて戦地へ向かうことだってあり得る。

「雪禎は出世する男だ。あの通り飄々としておるが、私なんかよりずっと優秀で雄々しい男なのだ。この先必ず、帝国陸軍内で要職に就く」

兼禎の声が激しくなっていく。それは兼禎自身意図していないかのようだった。気持ちが溢れるかのごとく兼禎は続ける。

「地位と立場を持つ男だ。しかるべきところから、由緒正しい女性を妻に迎えさせたい。あいつの人生に、一点の曇りもなくしたい。雪禎には誰からも敬われる完璧な未来を用意したい」

楓は心の中で呟いた。

(この方は雪禎様を憎んでなんかいない)

深く愛しているのだ。ただあまりに不器用で、それを表に出せないだけ。嫌われているのは自分だと思っているから、素直になれないだけ。

兄として弟の幸せを願っているのだ。

「縞田楓、おまえには悪いと思っている。おまえとて被害者だ。縞田の主人の計略で嫁がされ、こちらの都合が悪いからと追い出されるなどたまらないだろう。だからこそ、先の人生を保障できる今がいい機会なのだ。鎧戸先生の御宅なら、この先苦労することはない。どうか、雪禎のためと思って離縁してもらえないか?」

楓は言葉に詰まり、うつむいた。心を決めたはずなのに、雪禎のためと言われて胸が苦しくなる。

なぜならそれこそが、ずっと楓の心に巣食っているわだかまりだからだ。どれほど雪禎が求めてくれても、楓自身恥じるところがないと思っても、ふたりの間だけの話。

周囲が雪禎の評価を下すときに、自分という妻が悪く作用することがあるのではなかろうか。学も身分もない女中を妻にした。騙されたのかと笑われるかもしれない。肉欲で選んだと揶揄されるかもしれない。どちらにしろ、楓は自分の存在が雪禎の不名誉に繋がることを恐れていた。

(今なら、雪禎様はやり直せる)

心で唱えると、その重みと絶望感に胸がつぶれそうになった。ごくんと唾と一緒に言葉を飲み込む。この場で答えなければならない、真の言葉を。

「……考えさせてください」

それが今の楓に言える精一杯の答えだった。

十一　契り

兼禎が帰った後、楓はひとり縁側に腰かけ、空を眺めた。この屋敷に来てからの数ヵ月を思う。

平穏な生活が手に入った。それと同時に新しい発見の連続だった。

最初は令嬢ぶるのに必死で、ぼろが出ないようにヒヤヒヤしていた。雪禎が楓の本当の姿を知っても大事にしてくれ、さらには深い愛情を注いでくれた。楓は健やかに伸びやかに月日を刻み、そして初めて人を恋しく想う気持ちを知った。

幸福だった。ただただ幸福な毎日だった。

その日々を手放せと言われ、自分の意志では手放せない。

しかし、雪禎のためと言われたら話が変わってくる。確かに雪禎にはもっと相応しい女性がいるだろう。

芸妓の子、女中上がりだからと差別をされるわけではない。しかし、華族の一員としては不適格であり、陸軍の要職を担う将校の妻としては足りないのではなかろうか。

雪禎を陰でなじっていた兵士たちを思いだす。彼を尊敬する人間がいる一方、疎ましく思い蹴落としたいと望む輩も間違いなくいる。そんな人間が、雪禎を貶す手立てとして『女中に手をつけた』などと吹聴したらどうだろう。

兼禎は言った。『完璧な未来』と。

雪禎の完璧な未来に、自分の存在は邪魔ではなかろうか。

楓の心には薄墨を落としたような暗いもやがかかっていた。

やがて夕刻にはスエがやってきたが、最近空気が涼しくなってきたせいか腰が痛むような素振りをしている。今日は帰って休んでもらい、楓はひとりで夕餉を整えた。

黙々と作業をしている間、頭の中ではずっと同じ煩悶《はんもん》が繰り返されている。

そうこうしているうちに、雪禎が帰宅してきた。

「お、いい匂いだ」

「イワシを梅で煮ました。茄子が最後なので、七輪で焼き茄子にしましたよ」

「それは楽しみだね」

屈託なく笑う雪禎を見ていると、胸が痛んだ。この夫と別れるなんて絶対に嫌だ。

しかし……。

「楓、できたものは私が運ぼう」

「雪禎様はお着替えをしてゆっくりなさってくださいさい。お風呂を先にしてくださって

「もいいんです」

「風呂は後にするよ。上着は脱いだから、埃っぽくはないと思う。手伝わせてくれ」

スエがいない分手伝おうと思っている様子で、釜の飯をお櫃《ひつ》に移したり、味噌汁をよそったりと立ち働きだしてしまう。

そんな優しさが切ないほど愛しい。


夕餉はふたりでいつも通り済ませた。それぞれ入浴を済ませ、戸締まりや火の元を確認する。雪禎の私室へ行くと、すでに布団が二組敷かれてあった。

「楓、今日も少し勉強をしようか」

「……はい」

別れればこうして勉強を教わることもなくなるだろう。額を突き合わせ、清らかな学徒の交友をごっこ遊びのように楽しんだ日々は終わる。

雪禎が新たに迎える令嬢は、きっと岩津家が選定する。その令嬢は教育の行き届いた人であり、雪禎が教師をする手間もないに違いない。

雪禎はその令嬢の手にもクリームを塗るのだろうか。家事をしないだろうその女性の手はしなやかで楓のように荒れたりしないに違いない。それでは、その人の髪を優しく撫でるのだろうか。

情熱的に抱き寄せるのだろうか。唇を奪うように味わうのだろうか。楓にしたように。

「楓、泣いているのか」

雪禎の声で、楓は自身の頬に大粒の涙が伝っていることに気づいた。

「あの……なんでも……ございません」

涙は止まらない。考えれば考えるほど、全身が叫ぶ。雪禎を誰にも渡したくない。離れたくない。ずっとずっと死の間際まで傍にいたい。

「なんでもないことがあるかい。そんなに涙をぽたぽたこぼして」

睫毛《まつげ》を震わせる楓の両肩に触れ、雪禎は相対する格好で膝をついた。透き通るような瞳で、顔を覗き込んでくる。

「言いたいことがあるなら、話してごらん」

「いえ……本当に……なんでもないのです」

楓は雪禎の腕を振りほどいた。廊下へ逃げようと立ち上がったのは、ひとりで頭を冷やしたかったからだ。こんなふうに泣いてしまっては、雪禎への気持ちを整理できないばかりか心配をかけてしまう。

「楓！」

突然の行動に驚いたのか、ほぼ反射的に雪禎の右手が楓の二の腕を掴んだ。

「離してください、雪禎様」

「いいや、まだ話を聞けていないから駄目だ」

「ひとりで考えたいことなのです」

「私はおまえをひとりにしたくない。可哀想なほど震えて泣いている楓を」

きっぱりと言いきり、雪禎が楓を戒める手に力を込める。

楓は顔をくしゃくしゃにしてかぶりを振った。腕を振っても、きつい拘束は解けない。

おそらく雪禎は楓の心情に大きな変化があったことを察している。

だからこそ、逃がすまいと掴む手は強く、瞳は穴が開くほどじっと楓を見据えているのだ。雪禎のために離れる決意を固めたいのに、当の本人が邪魔をする。楓は焦れて強い言葉を発した。

「普段はお優しいのに、こんなときばかり意地悪をなさらないでください。強引です！」

「強引にだってするさ。楓は私だけの女だから。泣くのも笑うのも、私の手でなければいけないんだ」

雪禎が膂力《りょりょく》で楓の身体を手繰り寄せる。力負けした楓は、再び畳に膝をついた。

逃げ場を奪うように雪禎が距離を詰めてくる。間近で見る夫の瞳は獰猛《どうもう》にすら見えた。

「さあ、おまえを泣かせたのは誰だい？　私にきちんと説明するんだ」

厳然と響く問いに、楓は目を閉じ息をついた。心を決めよう。考える余地など最初からないではないか。未練で縋りついていては、愛しい人がやり直す機会を失う。

「雪禎様……わたしは……もうお傍にいることはできません」

楓の言葉に、雪禎の表情が暫時凍りついた。

「……おまえに悪いことを吹き込んだ人間がいるようだ。兄かな？」

「いいえ、兼禎様は関係ございません。わたしの意志でございます」

溢れる涙を拭いもせずに楓は告げる。時折しゃくり上げながら、精一杯声を絞り出す。

「雪禎様には、家柄も教養もあるあなた様に相応しい女性が必要です。完全無欠の幸福をもたらす女性がきっといらっしゃいます。……それはわたしではございません」

「それが楓の意志か？　私を捨てる理由か？　そんなものはいらない。おまえがいいと私は言ったはずだが」

雪禎の表情にいつもの余裕はない。焦りなのか苛立ちなのか、眉をひそめ言葉を選ぶ様子もない。愛しい夫をこれほど乱していることに狼狽しながら、楓は必死の想いで告げた。

「雪禎様は将来を嘱望される将校様です」

睨むように雪禎を見つめ、言葉を重ねる。

「いずれあなたがもっと上の立場になられたとき、身分も学もない女中が妻では笑われます。妙な揶揄をされるやもしれません。あなた様の子をわたしが産んでも、女中の子と言われましょう」

「言わせておけばいいだろう」

「わたしが嫌なのです！」

楓の強い語気に、鬼気迫る雪禎がわずかに目を見開く。楓はさらに言った。決意を鈍らせないよう、あえて冷たい声音で。

「しっかりとした身分の奥様をおもらいなさいませ。そうしてお血筋の確かな継嗣を。わたしは大丈夫です。今なら、鎧戸様が高く買ってくださるそうですから。この先お金に苦労することも、あかぎれの痛さに手をこすることもないでしょう。鎧戸様のお屋敷で、毎日安楽に――」

次の瞬間唇を塞がれ、言葉は最後まで言えなかった。顎を掴まれ無理やり開かされた口に、深く唇を重ねられる。歯が当たり、粘膜と粘膜が乱暴にこすれた。楓は息ができずに喘《あえ》いだが、捕食のような接吻は終わらない。

「ん、……ふっ……うぅっ」

どんなに強引でも、何度か経験した雪禎の接吻だ。反射的に身体がすべてを明け渡したくなってしまう。甘くとろかされる前にと身を竦《すく》め顎を引き、無理やり顔を離した。

そこで楓ははっとした。目の前に一対の獣の瞳があった。

いや、それは妖《あやかし》の瞳だ。恐ろしいまでに鋭く、楓を殺さんばかりに射貫いているのに、震えが奔るほど美しい。まるでこの世のものとは思えない。

「嘘が下手だね。楓」

雪禎が妖しくささやく。うっすらと浮かんだ笑みは、普段の穏やかなものではない。蠱惑《こわくてき》的な微笑に、楓は胸の高鳴りと背筋を伝う冷たい汗を同時に感じていた。

「それになんにもわかっちゃいない。おまえを愛しているんだ。おまえが私の傍にいるのがすべて。それ以外は些末なことさ。いっそ、おまえの気持ちすら関係ない」

重々しく響く愛の言葉はまるで呪詛《じゅそ》のよう。雪禎の美しい瞳は煌々《こうこう》と光り、楓をからめ捕ろうとしている。

「誰にも渡さない」

「ゆき……さだざま……」

「そうだ。鎧戸十郎が楓を買いたいというのなら、私以外には反応しない身体に作り替えてしまおうか。今宵ひと晩で」

雪禎が大きな手で楓の頬を包む。抗えない力を感じた。常とはまったく違う雪禎に恐怖すら感じながら、一方で楓は胸の鼓動を抑えられない。雪禎の常軌を逸した執着を心地よく感じている。震えるほどに嬉しいと思っている。

「わたしを……抱くのですか？」

「ああ、たっぷり教え込んでやろう。妻であるおまえにどんなことをしたかったか。我慢していた分もすべて。そうしたらおまえは私から離れるなんて、冗談でも口にできなくなるよ」

圧倒的な愛情と執念を見せられ、心が満たされる。それと同時に、雪禎への愛情が溢れ出て止まらなくなった。

離れようと思った自分はなんと馬鹿だったのだろう。離れられるはずがなかった。どんな理由をつけてもこの気持ちを殺すことはできない。雪禎といたい。

「正直に言いなさい。私を好いているんだろう、楓」

頷きたい。今すぐにもう一度と接吻をねだりたい。

だけど、いけない。楓は目を伏せ、かすかに首を振った。

「……あなたの憂いになりたくないのです……」

「私が、無駄に吠《ほ》える馬鹿どもに後れを取るような男だと思ったかい？　軍は実力がすべて。私に敵わない人間の遠吠えなど、憂いにもならないよ」

「でも……岩津家は。……わたしでは」

「これ以上、私と楓に立ち入ってくるなら、父と兄とは絶縁しよう」

「そ、それはいけません！」

慌てて言う楓の額に、雪禎が触れた。後れ毛を除け、瞼《まぶた》に接吻を落とす。

「楓を失う方が苦しい」

妖しくきらめいていた雪禎の瞳はいつしか、深い色に変わり、そこには真摯《しんし》な愛情の泉が溢れていた。

「どこへもやりたくない。誰にも渡さない。楓以外いらない。……何度言ってもこの気持ちは通じないか」

「通じております」

楓の瞳から新たな涙が溢れた。雪禎の胸に手を当て、縋りつくように見上げる。

「わたしも、雪禎様から離れたくありません。あなたのためだとしても、離れられません……！」

「傍にいてくれ」

苦しげに懇願し、雪禎は楓の胸に顔を埋めた。子どもが母親に甘えるような仕草だった。楓は溢れる涙で頬を濡らし、愛しい夫の頭をかき抱く。

「おまえに肩身の狭い思いはさせない。いつか産まれてくる子にも、きっと。生涯を懸けて私が守ると約束する」

「ひどいことを申しました。お許しください、雪禎様」

楓は思う。自分の幸福は雪禎とともにあること。そして、雪禎の幸福も自分とともにあること。それは相互作用なのだ。どちらかが欠けて成立するものではない。

愛とはそういう縁で、理屈や利益で損なっていい絆ではないのだ。

「楓、愛している」

「わたしもお慕いしております」

雪禎が顔を上げる。視線が絡み、求め合うように唇が引き寄せられた。接吻は互いを貪る深く濃密なものに変わっていく。

「もうとても我慢できそうにない」

唇を束の間離し、間近く見つめ合った。愛しい。互いの目が言っている。

「おまえのすべてを、私のものにしたい」

その言葉に、楓は何度も頷いた。

「はい、雪禎様のものにしてください。全部」

接吻を交わしながら、布団に倒れ込む。かつて印をもらった首筋に雪禎の唇が落とされた。身体を強く押しつけ合い、強く握る浴衣はすぐに着崩れてくる。露わになった肌を互いの唇でなぞる。

「雪禎……さ……ま」

「楓……楓」

熱い吐息を漏らしながら、楓は夢中で愛しい人に身を寄せ、目を閉じた。

朝の光を感じ、楓は目を開けた。肌寒い。布団から出た素肌に気づき、驚いて覚醒《かくせい》する。首だけ捻じれば、間近には寝息をたてる雪禎の顔があった。

「あ……」

その瞬間昨夜の光景がまざまざと浮かんできて、楓は一気に全身真っ赤になった。

上半身をがばりと起こし、身体の奥に鈍い痛みを感じる。いや、むしろ腕や脚の筋も痛い。激しい運動をした後のようだ。

(激しい運動とは言い得て妙かもしれない……)

さらに細々とした行為の数々が頭を駆け巡り、楓は羞恥で身動きが取れなくなってしまった。

(でも……幸せだった)

激しかったけれど、たっぷりと慈しまれ、愛を伝えられた。繋がり、融け合えた。これほどの充足を知らない。これほどの感動を知らない。

愛しい夫は安らかな呼吸で肩を上下させている。この人は自分の隣なら憩うてくれるのかと思うと感慨もひとしおだった。

雪禎が眠っている間に朝餉の仕度を、と布団の隅に丸まった浴衣に手を伸ばす。すると、その手をはしっと掴まれた。

「かえで」

寝ぼけた雪禎の声。楓はその顔を覗き込み、ささやいた。

「ここにおります」

「おいで」

起きようと思ったのに、布団の中に引きずり込まれてしまった。

「雪禎様、朝の仕度をしなければなりません」

「スエが来るまでまだ半刻ほどあるだろう」

「ありますが、その前に」

身支度を整えたい。この乱れた身なりでは、朝方まで愛の行為にふけっていたことがわかってしまうだろう。

「楓」

雪禎が幾分しっかりした声で名を呼んだ。こちらを見る目は眠そうだが、愛情が溢れている。

「初めての後だ。もう少し、余韻に浸らせてくれないか」

「……はい」

楓は恥ずかしさで消え入りそうな声で返事をし、雪禎の胸に顔を埋めた。世界中の幸福を煮詰めるとこんな様子ではなかろうか。楓は甘い感情に胸を熱くしながら、朝のひとときを味わった。

もう何も恐れることはない。

自分自身が万能の超人になったような心強さが楓にはあった。すごいことだ。愛する人と結ばれた。それが自分のすべてを変えた。愛されるということは肯定されることなのだ。許されることなのだ。

その愛を同じだけ返したいと心の奥底から泉のように気持ちが溢れてくる。

(兼禎様の要請は断ろう)

楓はいつも通り家事をこなしながら、心に誓った。

兼禎の頼みが雪禎のためであっても、それを雪禎が望まないなら聞くことはできない。雪禎は楓と離れたくないと言った。それがすべてだとも。

楓も雪禎と同じ気持ちである。

(鎧戸様のところへ改めてご挨拶に行ってお話を断ろう。兼禎様にも謝ろう)

「奥様、今日はちょっと顔色が優れませんよ」

スエに声をかけられ、楓ははっとする。時刻は夕刻、一度帰宅したスエが手伝いに戻ってきた時分である。

「だ、大丈夫です」

昨晩あまり寝ていないせいか、夕方にもなると疲労を感じ始めていた。身体の節々は痛むし、初夜というものは大変だなと今さらながら感じる。

しかし、そんなことをスエには言えないのでごまかすしかない。

「急に涼しくなって、身体が驚いているんでしょう。ちょっと疲れやすいだけです」

「あらあら、奥様。一応ですけれど、もし月のものが遅れたらおっしゃってくださいね」

「月の……」

楓はぼぼっと顔を赤らめた。その点は大丈夫である。なにせ、昨晩初めて結ばれたばかりなのだ。スエはふたりがとっくに男女の仲になっていると思っているのだろう。

「えっと、赤ん坊はまだ先のようです。それより、スエさんの腰は痛みませんか？」

「昨日のんびりさせてもらいましたからね。いい塩梅ですよ」

そのときである。玄関先で呼ぶ声が聞こえた。

誰だろうとスエとふたり出てみると、そこにいるのは兼禎だった。

「楓、少し外へ出られるか」

「え？　あの」

昨日の今日である。用向きもわからなければ、兼禎の真意もわからない。

そして楓は兼禎の要請を断る心づもりでいるのだ。

「いいから、下駄を履け。鎧戸先生が大変なんだ」

「鎧戸様が？」

言われるままに下駄を履き、表へ出ると、門の前には自動車が乗りつけられていた。普段人力車を使う兼禎にしては珍しい。開いた窓から顔を出したのは鎧戸家の書生・文野である。

「楓さん、今すぐ先生のお屋敷にお越しください」

「え、どういうことですか？」

困惑する楓に、兼禎が言う。

「鎧戸先生は心の臓が悪い。今朝方発作を起こして、おまえの名を呼んで苦しんでいるそうだ」

楓は返す言葉に詰まり、立ち尽くした。母の名を呼んで涙をこぼした老人の姿が脳裏をよぎる。

しかし、楓はその気持ちに応えることはできない。

「兼禎様、私は雪禎様とは離縁いたしません。昨晩、雪禎様ととくと話しました」

「そうした話は後だ。おまえに情があるなら、すぐに鎧戸先生の見舞いへ行け」

「ですが、ここで会いに行っては期待を持たせるようで、誠意ある態度とは思えません」

「御託はいい！」

兼禎が苛立った口調で言い、自動車の後部座席に、楓の身体を押し込んだ。

「きゃ！」

出られないようにすぐに兼禎も乗り込んでくる。

「兼禎様！　兼禎坊ちゃん！　こんなの人さらいでございます！　奥様を返してください！」

スエが自動車の外で叫んでいる。その向こうで、楓は聞いた。別の自動車の駆動音。後ろの窓を見やると、作典が運転する自動車が近づいてくる。

「文野くん、出しなさい」

弟の帰宅に気づいた兼禎が急いで指示した。自動車は文野の運転で急発進した。

「奥様ぁ！」

スエの声が聞こえる。楓は後ろの窓に向かって、叫んだ。

「スエさん！　……雪禎様！」

自動車で連れてこられた鎧戸十郎の邸宅は、夕闇の中しんと静まり返っていた。

引っ立てられるように屋敷内に連れ込まれ、先日対面を果たしたダイニングにやってくる。ダイニングは無人だ。

「兼禎様、わたしは鎧戸様の妻にはなれません。雪禎様の妻です」

楓は兼禎に向き直り、じっと見つめた。はっきりと言っておかなければならないと思った。

兼禎は馬鹿にしたように嘆息する。

「わかってくれると思っていたのにな。おまえは雪禎が好きなのだろう。あいつの幸せを祈ってやれないのか」

「雪禎様を愛しているから、離れないと決めたのです。雪禎様の幸福は雪禎様が決めます。わたしはそれに従います」

「憎らしいことを……」

すると、遠くから何事か話し合う声と、忙しい足音が聞こえてきた。間もなく扉が開く。

そこには臥《ふ》せっているはずの鎧戸十郎の姿があった。後ろには文野が焦った顔で付き従っている。

「楓さん、おまえさんどうしたんだい」

鎧戸の様子に楓も面食らって尋ねる。

「鎧戸様、お加減は？　今朝方発作を起こしたと伺いました！」

「発作というか、主治医に不整脈が出ているから安静にしろと言われたんだが……」

そこまで言って、鎧戸は文野に視線を向ける。眉をひそめ、尋ねた。

「文野くん、これはおまえさんの仕業かね？」

「僕は、鎧戸先生のことを思って……」

文野がうなだれて、ぼそりと答えた。その様子は叱られた子どものようである。

どうも、事態は楓の思っていたものと違う様子。そこに呼び鈴がけたたましい音で鳴り響いた。

ばたばたと玄関で物音や話し声が聞こえ、ダイニングに乗り込んできたのは雪禎その人であった。軍服姿のまま、軍帽すら脱いでいない。

「雪禎様！」

「楓！」

雪禎は脇目も振らずに駆け寄り、楓の身体を抱きしめた。

それから守るように胸のうちに収め、周囲を睥睨《へいげい》する。

「兄さん、楓に何かしたらただでは済まさないと忠告しましたよ」

「私は……おまえのために……」

怯む兼禎の横から、鎧戸が進み出た。

「岩津大尉殿、お初にお目にかかります。鎧戸十郎と申します」

その紳士然とした態度に、雪禎はそっと楓の身体を離し、敬礼をした。

「大日本帝国陸軍第一師団歩兵第一連隊所属、岩津雪禎です。このたびは妻が世話になりました。ですが」

雪禎は言葉を切り、鋭い瞳で鎧戸を見つめた。

「楓は私の妻です。あなたには渡しません」

すると、鎧戸が目頭を拭い深々と頭を下げた。

「誠に失礼なことをしました。申し訳ない」

思いもかけない詫びに楓は驚き、雪禎もまた拍子抜けした様子であった。

「私は楓さんにまつ葉を見ているんでしょうな。彼女と叶えられなかった夢を娘で叶えたいなどと馬鹿なことを考え、後妻にと申し出てしまいました。まつ葉はもういないのに。私の恋はとっくに終わっているのに」

「鎧戸様……」

「今日も、私の家の者が強引に楓さんをお連れしてしまったようで申し訳ない。私が意地汚く、楓さんに執着を見せるからこうなったのでしょう。楓さん、岩津大尉殿、申し訳ございませんでした」

後ろから文野が進み出て勢いよく頭を下げた。

「僕の責任です。鎧戸先生ともっと話す機会を持ってもらえたら、楓さんの心が動くのではと図りました。岩津卿《きょう》にご協力を頼んだのも僕です。鎧戸先生は本当に素晴らしい方なので、……僕は……お幸せな時間を一日でも長くと……」

文野は鎧戸の晩年の孤独を憂えていたのだろう。若い妻を娶れば慰めになり、それが過去の想い人の忘れ形見なら最高だと考えたのかもしれない。あれほど感情を出さなかった文野が沈痛な表情で頭を下げている。鎧戸が低く「馬鹿なことを」と呟いたが、その顔は穏やかで、息子を見るような愛着があった。

「大変失礼しました。岩津卿、私は楓さんを妻になどという気はもう一切ない。今回のことは岩津家をも騒がせてしまった。お詫びします」

「いえ、……私はこれで」

兼禎が表情を曇らせたまま場を辞し、楓たちを見ることなくダイニングを出ていった。

楓は鎧戸に歩み寄った。深く頭を下げて言う。

「鎧戸様、改めて母・まつ葉が大変お世話になりました。わたしは雪禎様の妻としてこれからも生きていきます。お心を砕いてくださり、ありがとうございました」

「楓さん、本当にすまなかったね。またいつか顔を見せておくれ。この前の御女中や岩津大尉殿とご一緒で構わないから」

「はい」

差し伸べられたごつごつした手を楓は躊躇うことなく取った。固い握手を交わし、楓は雪禎とともに鎧戸邸を後にした。

鎧戸邸の玄関を出たところに、兼禎がいた。人力車を待たせ、ふたりが出てくるのを待っていたようだ。

「兄さん」

表情を険しくした雪禎に、楓は慌てて言い放った。

「雪禎様！　兼禎様は雪禎様を思ってこうしたことをお考えになったんです！」

ふたりの間に割って入り、強い口調で言う。

「兼禎様は雪禎様を嫌ってなどおりません。とても愛していらっしゃいます。大事に思われるからこそ、立派な細君をとお考えだったんです！」

楓の決死の表情と大声に、ふたりは呆気《あっけ》に取られた顔をしていた。しかし、次第に兼禎の頬が赤くなる。楓に本心を暴かれ、困惑しているようだ。

そしてその表情の変化を弟はしっかり見ていた。

「兄さん」

あらためて雪禎が兄に声をかけた。それは剣呑な響きではなかった。

「私はあなたに随分嫌われていると思っていました」

「べ、別におまえを嫌いだったわけじゃない。私が嫌いだったのは……自分だ」

兼禎は忌々しそうに言った。本当はこんな告白もしたくないのだろう。しかし、弟の前で素直になる機会だと自身で感じている様子だった。

「才気煥発《さいきかんぱつ》な姉、何も知らず守られている弟。自分の立場がわからなかった。長男だから爵位を継げるだけで、自身の無才が恥ずかしかった。姉が男なら岩津子爵は姉だったのだから。さらには利発で頑健で美しいおまえがもてはやされるたび、どんどん自分に自信がなくなって。その苛立ちをおまえにぶつけていた。結果、おまえを岩津家から追い出すような格好になってしまった」

「……だから、私の後ろ盾になるような妻をと思ったんですね」

雪禎はふっと笑い、言った。

「私はこれでも軍ではそれなりに優秀です。ご心配には及びませんよ。それに、楓は本当にいい妻なんです。私はこの子が小さい頃から知っていて、まあ運命的に夫婦になったんです。引き離されては、生きていけません」

兼禎が顔を上げた。弟の苦笑いのような表情を見て、かすれた声で言った。

「すまなかった、雪禎」

直接的な謝罪だった。おそらく兄弟間で交わされたのは初めてだろう。雪禎が苦笑いする。

「兄さん、今度酒でもやりましょうか」

「……気が向いたらな」

兄弟の和解にはまだ早いかもしれない。しかし、長年の確執がわずかにほどけ始めているのは確かなようだった。

帰り道、作典が運転する自動車の中で楓はすっかり眠ってしまった。さほど長い時間ではなかったが、肉体的にも精神的にも疲労していたせいか、緊張が切れた瞬間眠気に襲われたのだ。

門の前で目覚めたが、身体が重たくてうまく動かない。すると雪禎が楓を抱き上げて中に運んでくれる。

「今日はもう休みなさい」

「でも」

「夕餉や家事は、スエと作典に頼むから」

その言葉に安心したのか楓は再び眠気に襲われ、雪禎の腕の中でぐっすりと眠りこんでしまった。

次に目覚めたのは夜更けだった。意識が覚醒し、自分が早々と眠ってしまったことを思いだす。上半身を起こすと、横から声をかけられた。

「楓、起きたのかい？」

「雪禎様！」

雪禎は布団に横になっていたが、まだ眠っていなかったようだ。優しい瞳が楓を見上げている。

「すみません。眠ってしまいました」

子どものように眠りこんでしまうなんて、祝言の夜みたいだ。雪禎が首を振る。

「いろんなことがあったからね。疲れたんだよ」

「今日は本当にありがとうございました。雪禎様が……飛び込んできたとき、驚きました。それにすごく嬉しかったです」

目を細め頬に手を当て、うっとりと言う楓に、雪禎が噴き出す。

「こっちは泡を食って作典に自動車を飛ばさせたよ。何事もなくてよかった」

「鎧戸様ときちんとお話しできたこともよかったと思います。文野さんの行動も思いやりからでしたし、何より兼禎様と雪禎様がきちんとお話しできたことが尊いことです。たくさんのことがありましたけれど、一番いい結果になったように思います」

「楓は楽天家だね」

ふふ、と雪禎が笑う。

「私は、いっそうおまえのことが愛しくなったよ。奪われそうになって、楓のいない世界では生きられないと痛感した。二度と離さないし、もっともっと私だけの楓にしたい」

伸ばされた手を取り、楓は自身の頬を押し当てた。

「はい。わたしももっともっと雪禎様だけのものになりたいです」

力強い腕が楓を捕らえ、引き寄せる。雪禎の上に覆いかぶさる格好で倒れ込むと、きつく抱きしめられた。

「愛してるよ、楓」

「雪禎様」

見つめ合い唇を重ねる。

今この瞬間がすべて。互いが互いを欲し合うどうしようもなく満たし合える時間だ。

ねだるように口を開け、舌を伸ばす楓に、雪禎が耐えきれず身体を反転させ、布団に組み敷いてきた。

「無理をさせたくはないんだけれど、我慢が利かないよ。おまえに対してだけは」

「雪禎様の思うままになさってください」

楓は接吻の合間に、雪禎の耳元でささやいた。

「雪禎様好みに仕立ててくださるお約束です」

いつかの言葉をなぞると、充分煽られたようで雪禎が情欲に燃える瞳を細めた。

「では、存分に」

楓は甘い息をつき、愛しい夫の首に腕を絡めた。

終

「今日もよく晴れそう」

早朝、薄明るくなってきた空を見上げて楓は呟いた。

十月に入り、朝はそれなりに冷え込むようになってきた。日の出も遅くなった。それでも雲の少ない空を見れば、今日一日の天気がわかる。

水甕を手に台所に戻り、今日も朝餉の仕度に取りかかる。

米を炊き、干物を七輪にのせようかという頃合いにスエがやってきた。

「おはようございます。冷え込んできましたね、奥様」

「ええ、本当に。居間に火鉢を出しましょうか」

「昼間は陽が射し込みますからねえ。来週あたりにしましょう」

ふたりでそんな相談をしながら家事を進める。先日衣替えも済ませ、徐々に季節が変わっていくのを感じる。

雪禎の元へ嫁ぎ半年が経った。日々は順調である。

「奥様、そろそろ雪禎様を起こしに行ってらしてください。お台所はスエが見ますから」

「雪禎様なら起こさなくても、もうお目覚めですよ」

「でも、奥様が起こしに来るのを楽しみになさっているでしょう。居間に出ていらっしゃらないのだから」

スエが含み笑いをするので、楓は照れてうつむいた。確かに雪禎にはそういうところがある。穏やかで優しくおおらかな夫だが、ふたりきりになると存外甘えてくるし独占欲も強い。周囲には器用に隠しているだけなのだ。

「わかりました。声をかけてまいります」

楓は台所をスエに任せ、廊下へ出た。

雪禎の私室は、最近では夫婦の私室となっている。寝起きも楓の勉強もすべてこの部屋だ。

「雪禎様、おはようございます」

襖の向こうに声をかけ、返事の前に戸を開けた。案の定雪禎は起きている。布団に寝そべり、読書をしていたようだ。これはやはり楓が起こしに来るのを待っていた様子である。

「雪禎様、朝餉の準備が整います。そろそろお布団から出てくださいませ」

「ああ、そうしたいのは山々なんだが」

近づいて覗き込んだ楓を力強い腕ががしっと捕まえる。抗う間もなく、胸の中へ閉じ込められてしまった。

「いけませんよ、雪禎様」

楓は照れながらも、妻としてきちんと注意する。

「お仕事に遅れてしまいます」

「そうだね。遅れてしまう」

口では困ったように言いながら、その腕はまったく楓を離そうとしない。どころか、頬や額に、やわく唇を落としてくるのだ。

その甘く幸福な感触に、一瞬すべてをゆだねたくなってしまう。楓はぐっとこらえ、雪禎の厚い胸板を押し返した。

「駄目です。怒りますよ」

「ふふ、楓に叱られるのも楽しいな」

雪禎のいたずらっぽい口調に、楓は苦笑いで嘆息した。楓の前でしか見せない可愛い性質を愛しく思いながら、翻弄され流されそうな自分を感じる。身も心もすっかり雪禎のものだと実感する。

腕の中から抜け出し、雪禎の身体を強引に起こした。小柄だが力持ちの楓に身体を押され、雪禎はようやく起き上がってくれた。

「仕方ない。一日を始めるとしようか」

「ええ。いいお天気です。気持ちよくお仕事に行けますね」

廊下と反対側の障子を開け、硝子戸から光を入れる。きらきらと廊下と畳に反射する陽光。しばしふたりは朝陽の眩しさと清々しさに見入った。

「週末の休みにまた畑を手伝おう」

「それは助かります。今月は忙しいんですよ。まず白菜と蕪を、月末にはソラマメを植えつける予定なんです。大根や人参も植えたいんですけれど、さすがにちょっと手狭かなと思っていまして」

雪禎が考えるように顎を上向かせ、それから楓を見た。

「もう少し畑を広げてもいいね。植えつけが終わったら来年の計画も立てよう。茄子は連作できないだろうし」

「雪禎様が畑のことを真剣に考えてくださって嬉しいです」

「これはもう立派な趣味かもしれないね」

楓は雪禎を見つめ返す。愛しい夫。この世でただひとりの想い人。

雪禎がふっと目を細め、口角を上げた。

「先のことを考えると楽しいと思わないかい？」

「はい。楽しいです。きっと、雪禎様とならどんなこともとびきり楽しいんです」

「最高の愛の言葉じゃないか」

ふたりはこぼれるように笑った。

番外編

「奥様のお誕生日の記念にですか。ははあ、浅草公園にお出かけとはよろしいですね」

雪禎の隣の椅子にかけ、武良少尉が感心したようにため息をついた。

帝国陸軍第一師団の駐屯地、将校たちの集う室は賑やかだった。ちょうど午砲の鳴った昼時である。誰もが食堂か外に昼餉をとりに行こうかというところだ。

雪禎は手元にある書類を片付けるため室に居残っていた。こういうときは、武良少尉をはじめとした部下がパンや握り飯を差し入れしてくれるのが常で、今日も食堂でこしらえてもらった海苔《のり》を巻いた握り飯が机の上にのせられている。武良が届けてくれたものだ。

「奥様はおいくつになられるのですか」

「満で十九になる」

食堂で食べてきてくれてもいいというのに、武良はこうしたとき、だいたい雪禎の隣に腰かけ同じものを食べる。自分にできる仕事なら手伝うとも言ってくれる。若い部下は声が大きく、豪放磊落《ごうほうらいらく》。雑なところはあるが、視野が広く人望もある。いい部下に恵まれたと雪禎はいつも思っている。

「で、浅草は浅草でもどちらへ？　広くて一日では見て回れやしませんからね。小屋掛けの興業ですか、凌雲閣《りょううんかく》ですか？　活動写真が一番いいかな。いや、それなら下谷《したや》の市川座で江戸歌舞伎を……」

武良は我がことのように真剣な顔で悩んでいる。雪禎は先に答える。

「花屋敷に行こうかと思ってね」

「花屋敷ですか。昔行きましたが、ブランコがあったのを覚えていますよ。最近は動物をたくさん飼育しているとか。昨年にはぺんぎんとかいう飛べない鳥が智利《チリ》から来たそうですよ」

子どものように夢中で情報を並べる武良をどうどうとなだめ、雪禎は言った。

「うちの奥さんは花屋敷に行ったことがなくてね。本当は三越で洋服でもと思ったんだけれど、服より動物の方が喜びそうだから」

「なるほど。岩津大尉は本当に奥様想いでいらっしゃいますなあ。そもそも誕生日を祝うというのが洒落ています。さらには当たり障りない贈り物で済ませるのでなく、奥様が喜びそうなものを考えていらっしゃる。これは男として学ぶところが多いですよ」

うんうんと頷いている武良。確かに誕生日を祝う習慣はあまりないが、雪禎からしてみれば楓と結婚して初めてのめでたい日である。何か記念になることをしてやりたかったのだ。

「まあ、祝えるうちにという気持ちはある。年が明ければ、欧州での戦況がどう動くかもわからないしな」

雪禎の言葉に、武良が表情を引き締めた。

「ひとつ火種が燃え上がれば、我が国も強気で派兵を進めるだろう」

「二十一ケ条もどさくさ紛れな感じがしますが、大陸の利権という旨味は忘れられないでしょうね」

「しぃ」

武良の言葉をやんわり止めたのは、誰が聞いているとも限らないからだ。

好景気に沸く国内は、戦争が儲《もう》かると知ってしまった。軍備は今後ますます拡張され、帝国陸軍の立場は強くなる。そんな中で、曲がりなりにも将校である自分たちが戦を否定するようなことは言えない。

「失礼しました」

「いや」

雪禎は穏やかな表情になり、声をひそめた。

「軍人をしていてなんだが、本当のところは平和が一番さ。他の国に領土を広げるより、家族や身近な人たちの平穏を守りたいものだ」

「自分も同じ気持ちです」

武良が真摯な表情で雪禎を見つめ返していた。

そう、妻といつか産まれてくるかもしれない子ども。それさえ守れればいいのだ。

軍人としてお国第一で考えられないのはいけないことかもしれない。しかし、雪禎は唯一の存在に出会ってしまった。妻こそが自分を生かし活力になる以上、守るべきは彼女であり、心はいつも彼女の元にある。いつだって、そう確信する。


岩津雪禎にとって、楓は迷い込んだ小鳥のような存在であった。春が香り始めた三月下旬、角隠しに黒引きの着物、どこかおどおどとした様子でやってきた新妻。

それが、昔出会ったことのある幼い少女であると雪禎は知っていた。

令嬢などと言っているが、子どもの頃から女中暮らし。学校もろくに通えていない。

母親は柳橋の人気芸妓だったまつ葉。なるほど、母親譲りの美貌に白羽の矢が立ったのだろうと、可哀想に思ったものだ。

祝言で困ったようにうつむく彼女に、せめて優しくしてやろうと思った。

雪禎自身は幼い楓を覚えていたし、その優しい眼差しをどこか慕わしく思っていた。せっかく妻として来てくれたのだ。今までの辛酸を忘れさせるくらい、苦労のない暮らしをさせてやろう。

そう思っていたら、祝言の翌日からちゃきちゃきと元気いっぱいに働きだす新妻に驚いた。女中のスエも「奥様がなんでもしてしまうので、スエの仕事がなくなります」と困惑気味である。

働き者で力持ち、料理が上手で天真爛漫。雪禎のために畑をやりたいなどと言いだすのだから、笑ってしまった。

また、令嬢のふりをしなければならない楓を見ているのも楽しかった。縞田の家からきつく言われているのだろう。露見しないように必死なのだ。

自分でも意地悪なところがあると雪禎は自覚しているが、妻があれやこれやと取り繕う姿は身震いするほど愛しく思えた。

気づけば雪禎は、舞い降りた小鳥に夢中になっていた。

初心で恋も知らない乙女が、自分のことを憧憬《どうけい》の眼差しで見つめていることは気づいていた。しかし、まだ男女の色恋ではない。ゆっくり確実に自分のものにしたい。それは獲物を仕留める狩人に似た心地であった。何があっても逃したくない。この手の中に落とし、閉じ込めたい。独占したい。

今にして思えば、雪禎もまた愛情を探していたのだろう。自分だけに向けられる完全な感情。楓なら、それを与えてくれるかもしれない。

楓の心に愛が芽生え、健やかに育つのをじっと待った。幾多のことを越え、結ばれた感動は忘れられない。

どちらかがこの世から消える瞬間まで、離れることなく傍にいよう。

雪禎はそう誓った。

自分は軍人である。どこかの戦場でその生涯を終えることも充分考えられる。もしそうだとしても、心だけはどこまでも寄り添おう。この愛しい妻と。

「雪禎様？」

暗闇にかすれた声が聞こえた。天井を眺め、ぼうっとしていた雪禎は首を巡らせ横を見た。うっすら目を開けた妻がいる。

「まだ、夜は明けないよ」

「眠れないのでございますか？」

ほんの少し前まで睦み合っていたため、楓の浴衣はしどけなく乱れている。下ろした髪も頬や胸元にかかり、絶妙な色香を生んでいた。

本人は寝ぼけているため現状に気づいていないようだった。またその気になっては明日に響くので、雪禎は妻の身体に掛布団をかぶせてやる。

「少しだけ考え事。明日が楽しみでね」

明日は楓の誕生日。浅草を回る約束は、雪禎にとっても胸の高鳴る外出だった。

「わたしも楽しみです。猛獣を見られるんですよね。あとは水鳥が多くいると聞きました」

ふにゃふにゃとした口調は子どもじみていて、可愛らしいと思った。

「スエさんにお土産を買わないと」

「そうだね」

「あと、姉に手紙を書いたんです。小包を作りたくて」

「巻さんに贈り物なら、今度あらためてデパァトに行けばいい」

「雪禎様」

楓が両手を伸ばして待っている。抱きしめてほしいと言わんばかりの姿は寝ぼけているからだ。素の楓は恥ずかしがってこんな大胆なことはしてくれない。

雪禎は楓の身体をやわらかく抱き寄せた。

「だいすき」

耳元でささやかれる甘く愛らしい声を、雪禎は目を閉じ味わった。

「私も大好きだよ、楓」

明日になったら、楓はこのことを忘れているかもしれない。とても可愛かったと伝えて困らせてやろう。そんなことを思いながら、愛しい妻の背を撫でた。


「雪禎様ぁ、こっちです。こっち」

晴れ渡った休日の浅草六区、駒下駄を鳴らし闊歩する楓を雪禎は数歩後ろから眺めた。銘仙の袷に、英吉利結びの束髪にした頭。はしゃいだ声をあげ、先を行く楓は年よりずっと幼く見え、雪禎は慈しみの気持ちでいっぱいになる。

妹や娘に対する気持ちとはこんなものではないだろうか。いや、目の前を急ぐのは最愛の妻。雪禎の愛情のたったひとつ行き着く先。

「転ばないようにね、楓」

浅草は賑わっていた。左右の建物は劇場や映画館が多く、どこも人寄せの大きな幟《のぼり》が風にはためいていた。楓は急いたように先を歩き、きょろきょろと建物を見上げてはため息をついている。

「そこがオペラ館、そっちに見えるのが世界館」

「はい！　はい！」

答える声ははずみ、見るものすべてが新しいと言わんばかりに楓の目は輝いていた。本当に子どものような姿である。

「あそこに凌雲閣も見えるだろう」

「はい、でも雪禎様、今日は動物ですよ！」

振り向いた楓は張りきりのあまり拳をぎゅっと握っていた。その主張が可愛らしくて雪禎は思わず噴き出す。あんまりおかしくて背を丸めくつくつ笑っていると楓が戻ってきた。それから恥ずかしそうに雪禎の顔を見上げる。

「子どものようなことを申しました……」

「いや、謝らないでおくれ」

雪禎は滲《にじ》んだ涙を拭いて、楓の頭を撫でる。そのまま前髪をかき分け額に口づけた。

「ゆ、雪禎様っ！」

「こんな賑やかな中で誰も見ちゃいないさ」

真っ赤な顔で恥じらう妻の手を取る。遠くに行ってしまわないように。見失わないように。ずっと並んでいられるように。

「ぺんぎんという鳥を知っているかい？」

「ぺんぎん……？」

「私も見たことがないんだ。花屋敷にいるそうだよ。楽しみだね」

「はい！」

手を繋ぎ、愛しい妻と一緒に歩く。いつしか雪禎の歩調も心もはずんでいた。

（了）

あとがき

こんにちは、砂川雨路《すながわあめみち》です。『大正新婚浪漫～軍人さまは初心な妻を執着純愛で染め上げたい～』をお読みいただきありがとうございました。

大正時代を舞台とした本作、私の作品としては初めての時代ものです。当初は現代もので設定を作っていったのですが、どうもしっくりこず、担当さんに大正初期という時代を提案しました。マーマレード文庫でも初の試みとのこと。責任重大と慄きつつ、私個人は近代文学が好きなので、この世界を描けることがとても嬉しく新たなチャレンジになったように思います。

本作のヒロイン・楓は身分を偽りお嫁入りします。夫となる軍人・雪禎に惹かれながらも、嘘がバレないか焦ったり、嘘をついていることに罪悪感を抱いたり。そんな楓を深い愛で包み、甘やかしつつ徐々に独占していく雪禎は、私好みのどっぷり執着愛ヒーローに描けたように思います。ほのぼのした日常の中で、孤独なふたりが寄り添い合い、ともに生きていくことを決めるお話です。最後は愛をたっぷり！

完璧な男性に無条件に愛されるお話ではないかもしれません。ひとりの女の子が恋をして成長していくストーリーです。楽しんでいただければ幸いです。

本書を出版するに当たり、お世話になった皆様に御礼申し上げます。

美しすぎる雪禎と可愛すぎる楓を描いてくださった漫画家のうすくち先生、ありがとうございました。着物や背景までこだわって描いてくださり感動です。

デザインをご担当くださったデザイナー様、本作もありがとうございました。

担当のおふたりには、今回もたくさんご相談にのっていただき、精神的にものすごく救われました。おふたりのおかげで本作は形になりました。ありがとうございました。

最後になりましたが、いつも拙作を読んでくださる読者様に御礼申し上げます。

『恋愛小説が読みたい!』という方に、私の書く作品は王道ではないだろうなとよく感じます。ですが、読んでくださり応援してくださる皆様が確かにいる! そんな読者様のためにこれからも書き続けていこうと思います。

次はどんな世界が書けるでしょう。今から楽しみです。

砂川雨路

参考文献

［一］新田太郎、田中裕二、小山周子『図説　東京流行生活』（河出書房新社　二〇〇三年）
［二］『台東区立下町風俗資料館　図録』第七版（公益社団法人台東区芸術文化財団二〇〇三年）
［三］尾崎左永子『おてんば歳時記　明治大正・東京山ノ手の女の暮らし』（講談社一九八六年）
［四］『『華族』の知られざる明治／大正／昭和史』（ダイアプレス　二〇二一年）

マーマレード文庫

大正新婚浪漫
～軍人さまは初心な妻を執着純愛で染め上げたい～

2022年3月15日　第1刷発行　定価はカバーに表示してあります

著者　砂川雨路　©AMEMICHI SUNAGAWA 2022
発行人　鈴木幸辰
発行所　株式会社ハーパーコリンズ・ジャパン
東京都千代田区大手町1-5-1
電話　03-6269-2883（営業）
0570-008091（読者サービス係）
印刷・製本　中央精版印刷株式会社

Printed in Japan ©K.K. HarperCollins Japan 2022
ISBN-978-4-596-33387-2

m a r m a l a d e b u n k o